公元787年，唐封疆大吏马总集诸子精华，编著成《意林》一书6卷，流传至今
意林： 始于公元787年，距今1200余年

Mini Miss 出品

纯正＋阳光＋向上
为中国女生量身打造优质课外读物

我们是小淑女

优雅,聪慧,阳光,快乐,甜蜜,
勤奋,包容,恬静,浪漫,唯美,璀璨。
善解人意,才华横溢,从容淡定,
独立有主见,时常感恩,心怀美好。
爱学习,爱阅读,爱幻想,睿智有深度,独具品位。

意林励志·MiniMiss 荣誉出品
小 MM 品牌书系 · 淑女励志馆 · 女生不败系列 002

愿与你共享：
平凡女孩的传奇人生，砥砺前行的青春岁月。

淑女励志馆

女生不败
系列002

女生不败

北堂雨 著

晴朗半球，悄悄落雨

②

吉林摄影出版社
·长春·

图书在版编目（CIP）数据

女生不败. ②, 晴朗半球, 悄悄落雨 / 北堂雨著.
-- 长春：吉林摄影出版社, 2018.12
（淑女励志馆. 女生不败系列）
ISBN 978-7-5498-3893-6

Ⅰ. ①女… Ⅱ. ①北… Ⅲ. ①长篇小说-中国-当代
Ⅳ. ①I247.5

中国版本图书馆CIP数据核字(2018)第267637号

女生不败②·晴朗半球，悄悄落雨
NüSHENG BU BAI② · QINGLANG BANQIU, QIAOQIAO LUO YU

著　　者	北堂雨
出版人	孙洪军
总策划	阿朱
执行策划	词词绿茶
责任编辑	吴晶
图书统筹	猫猫雪
特约编辑	马国娴　张佳秋
绘　　图	花月婷然　团子
书籍装帧	青空工作室
图书设计	袁萌
开　　本	880mm×1230mm　1/32
字　　数	210千字
印　　张	6.5
版　　次	2018年12月第1版
印　　次	2018年12月第1次印刷

出　　版	吉林摄影出版社
发　　行	吉林摄影出版社
地　　址	长春市泰来街1825号
	邮编：130062
电　　话	总编办：431-86012616
	发行科：431-86012602
网　　址	www.jlsycbs.net
经　　销	全国各地新华书店
印　　刷	天津中印联印务有限公司

书　　号	ISBN 978-7-5498-3893-6	定价：24.90元

版权所有　　侵权必究
如发现印装质量问题，请与印务部联系退换，电话：010-51908584

用文字启动女孩内心的力量

文◎女生文学书系总策划　阿　朱

　　创办《意林·小淑女》女生文学品牌多年来，通过电话、书信、网络等各种途径，我曾接触过许许多多不同的女孩。有的女孩兴高采烈地发来成绩单，说自从认识小MM（读者对《意林·小淑女》的昵称）后，自己的文笔和语感都有了很大提升，作文和阅读理解经常拿到满分；有的女孩把自己写的小说发到邮箱，说小MM激发了她的写作灵感，她希望长大后也能加入小MM，和编辑们一起创造出更多好故事；有的女孩在微博留言，说在自己脆弱、迷茫的时候，是小MM的故事激励了她，让她成为一个上进的女孩……

　　收到这些反馈，我甚感欣慰的同时，也更真切地体会到作为一名青少年读物策划者和出版人的责任和意义。

　　女孩的成长路上并不总是阳光明媚，也会有雨雪交加的时候。女孩们跟编辑部的互动，除了表达对小MM系列读物的喜爱之外，也经常会提出各种困惑，比如，考试没考好怎么办？爸爸妈妈不支持自己看课外书怎么办？和同学闹矛盾了怎么办？更有甚者，有任性的女孩因为和父母闹矛盾，一气之下离家出走（这是极其不负责任的行为，无论什么情境下都不能这么做），着急的父母遍寻无果，无奈之下打电话到女儿最喜欢的杂志的编辑部求助。阿朱姐至今仍记得那位父亲的焦灼：叛逆期的女儿无法沟通，父母无论如何走不进女儿的内心世界。

　　我想，天下的父母无不希望自己的女儿能够长成一位阳光、独立、智慧、幽默、内心强大的优秀女性，而在学校和家庭教育之外，帮助女孩健康成长的最有效的方式，就是为她们提供充分的、优质的精神食粮，让女孩通过阅读完成自主成长。

　　不过，现在的女孩学习压力大、时间紧，需要高效率地提升自己，小MM编辑部以"为成长中的女孩量身定制"的精准定位和独到眼光，八年来成功创办了"淑女文学馆""淑女漫绘馆""淑女青春馆"三大特色书系，为女孩们打造了数百种优质课外书，在文学和艺术上做了不懈努力。有感于女孩成长过程中面临的诸多实际问题，接下来，我们将在保持作品的故事性、文学性的基础上，强化功能性，在作品中赋予更强有力的励志精神内核和价值观引导，启迪女孩内心成长，帮助她们克服自卑、怯懦、迷茫、悲伤的情绪，树立坚强、乐观、自信、独立的信念，成为更好的自己；同时，增加作品的实用性，帮助女孩挣脱课堂的束缚，打开视野，了解世界，帮助她们提升写作、阅读、演讲、人际交往、情商训练等技巧，成就有强大竞争力、趋向于完美的女孩。这即是我们策划"淑女励志馆"的初衷。因此，"淑女励志馆"系列图书涉及的题材和内容范围非常广，既有激励人心的半纪实长篇小说,也有饱含人生智慧的生活故事,更有有趣、有料的知识小文,我们着眼于"课堂上学不到,家长没有教"的东西,力求"不偏食、不挑食",以高品质读物全方位陪伴女孩健康成长,让女孩的智慧与日俱增。

有位老师曾经讲过这样一个真实事例:一位中学时成绩优异、被很多老师捧为掌上明珠的女生,在多年埋头苦读之后终于考上了理想大学,然而女生入学不到一个月便提出退学,因为她发现大学里的每一位同学都多才多艺、全面发展,唯独她,在不恰当的教育理念下,从小到大只有一个目标:高考,因此整个青春压缩得只剩下了备考一件事。如今与同学对比之下,她备感失落,陷入自卑的泥潭,心灵匮乏得不堪一击。

这样的故事只是个案,不过,成绩是一时的,而心灵的成长和丰盈是女孩一生都要修炼的课题。女孩一辈子重要的并不仅仅是读大学、考学历这一件事,她们对人生的看法,对社会的认知,对性格的塑造,应该从小就做好积累和准备。今天,我们唯一能做的,就是在女孩的内心多播撒一些饱满的种子,用文字帮助女孩塑造健全、优秀的人格特质,给女孩提供开阔、新颖的视角。如果女孩从小养成了阅读的好习惯,那么将来再怎么沉重的考试压力,也不能阻挡她们对于自我发展的追求,对于美好未来的向往。何况,充足的、高质量的阅读所奠定的智力背景,必将使女孩未来的学习之路比别人轻松很多。

愿每个女孩都能在合适的年纪爱上阅读,并在阅读中获得更多的成长与勇气。

目录
contents

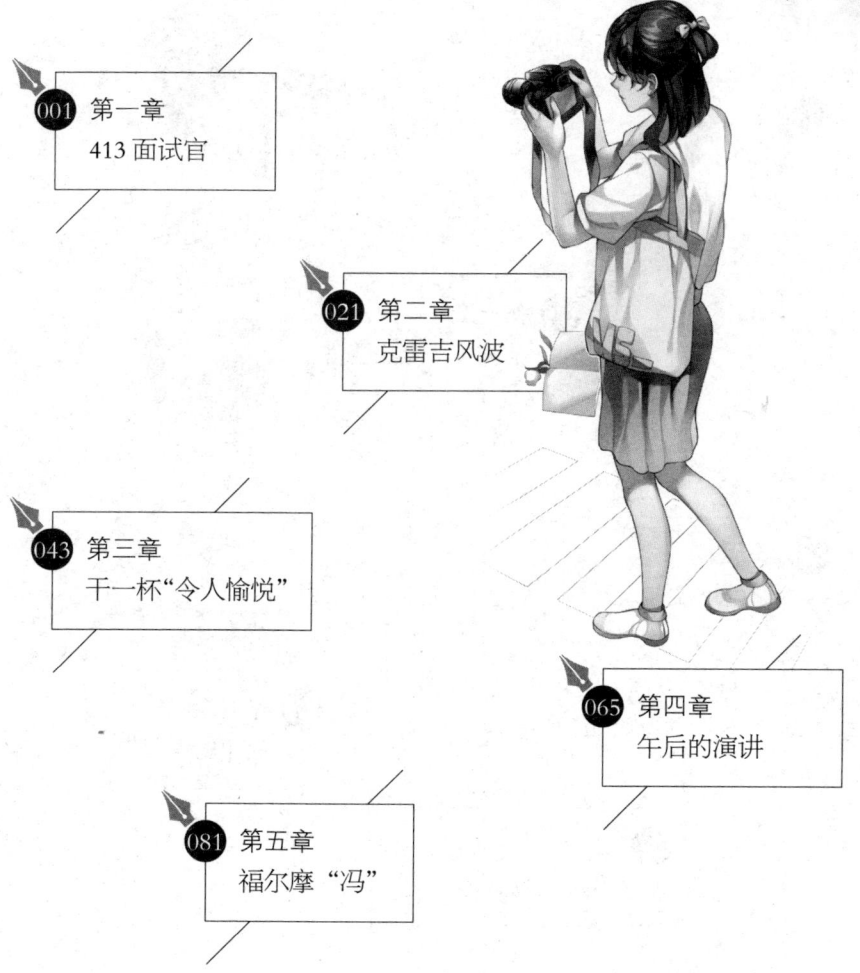

- 001 第一章 413 面试官
- 021 第二章 克雷吉风波
- 043 第三章 干一杯"令人愉悦"
- 065 第四章 午后的演讲
- 081 第五章 福尔摩"冯"

目录 contents

- 113 第六章 维维安的假面
- 129 第七章 熊孩子与魔法警官
- 149 第八章 芬克叔叔的汉堡
- 171 第九章 完美的夏天
- 199 后记 陪你度过漫长岁月

「第一章」 413 面试官

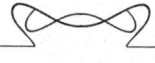

"原来，Qianyang就是英文Thousun的意思？Thousun，你的名字里有一千个太阳？这是个很强大的名字啊！"

1

西雅图是美国一座边境城市,紧邻加拿大。她没有纽约那么喧闹,没有波士顿那么冷漠,没有洛杉矶那么嚣张,也没有芝加哥那么疯狂,她恬静又友善,是个能让人感受到人间温暖的地方,即便是在阴雨天,她的雨点也很轻柔,落在行人身上,像是好友在拍肩。

这一天对冯千阳特别重要,麦高芬中学要选拔校园小记者,冯千阳报了名,今天是面试日。

下课铃响起,冯千阳下意识地看向窗外,又下雨了,今天的雨似乎比以往添了几分冷清,像极了两年前的那个雨天,冯千阳忽然有种不好的预感。她甩甩头,驱散回忆留给她的阴霾,背起背包走出教室,朝教学楼四楼走去。

面试地点在413教室,教室门上贴了《面试表》,表上列着候选人面试顺序,冯千阳上前看了看,她排在第九位。

教室门口和走廊都围满了人,冯千阳很紧张也很兴奋,成为校园记者是她的梦想。

四周突然安静了,堵在教室门口的同学迅速后退,沿着走廊有序排开,都屏住了呼吸,等待某个重要人物出现。

一个中国男生在万众期待中走来,黑头发褐眼睛,在清一色的白皮肤人群里,格外与众不同,两个发色不同的学生抱着大摞的文件跟在他的身后,更能衬托出他的威信。

冯千阳靠墙而站,静静打量那位男生,他和她一样是黄种人,但身为一个男孩,他未免太过秀气了些,皮肤白皙,浓眉大眼,高鼻薄唇,个子不比那些白人矮小,但略显清瘦,比起"帅气"一词,冯千阳认为用"俊美"一词来形容他更为贴切。

他就是孔庭恩,新闻小组的组长,负责组里大大小小的事务。

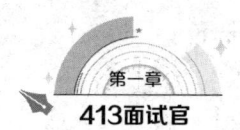

第一章
413面试官

校方对他非常倚重,连面试这么重要的事,都交由他一个学生来全权负责。

冯千阳稍稍淡定了些:大家都是中国人,她今天应该很好过关吧?

教室里早已按照面试场地的格局进行了一番布置。大部分桌椅围在四周,只余三组桌椅在教室中央并列摆放,孔庭恩在中间位置坐了下来,表情特别严肃,他的两位"助手"在他两侧落座。

右侧的卷发女生依次传唤候选人,好不容易轮到冯千阳,卷发女生却突然卡住了。

冯千阳是中国人,她的名字虽以字母呈现,但拼音的字母组合和英文不同,卷发女生双唇抽搐了几下,就是说不上来。

孔庭恩探头瞄一眼,抬头朝教室门口张望,稍稍提高音量,意外地用中文说道:"9号,冯千阳同学。"

他果然很有爱国情怀,祖国同胞你好哇!

冯千阳一阵窃喜,快步来到孔庭恩前面,在他两米之外停住。雨点"啪嗒啪嗒"地敲打着窗,像极了冯千阳此刻的心跳。

孔庭恩直勾勾地盯着面前的女孩,她及肩的长发随意散落,面颊微微发红,不知是因为紧张呢,还是本来就白里透红,她看上去稍微有些拘谨,但她胆子一定不小,不然又怎么敢目不斜视地与他对视?

孔庭恩敛回目光,用一口地地道道的美式英文提问:"你为什么想成为一名校园记者?"

冯千阳从小就接受英语培训,口语自然特别流利:"因为我想成为一名记者,真正的记者,校园记者是一个很好的锻炼。"

"所以你认为校园记者不是真正的记者?那你认为校园记者是什么?二次元角色扮演?"

"这位少年……一定要这么犀利吗?"

冯千阳强自镇定,硬着头皮说:"校园记者当然也是记者,但和传统意义上的记者不一样,校园记者只需要对学校和同学负责,但记者需要对社会和公众负责。再者,从经济学角度来看,校园记者不带薪,记者带工薪。"

"所以你想成为一名记者,是为了钱?"

"我没那么浅薄。"冯千阳不卑不亢地为自己辩护一句,接着说,"我想成为记者,是想为事实和真相发声,公权力不应该被假新闻利用。"

说到此处,冯千阳心口一紧,又一次想到了父亲。

她脸上的忧伤未能逃过孔庭恩的眼睛,他皱了皱眉,接着问:"你认为,当一名记者要具备哪些方面的素质?"

"时效性和真实性。时效性是要第一时间抢占报道的先机,真实性是不能哗众取宠,夸大事实。"

"哗众取宠,夸大事实,譬如?"

"譬如我们学校的新闻报道总蹭热度,就连负面的娱乐新闻也不放过,我认为这种报道方式不太利于正能量校风建设。"

孔庭恩挑挑眉:"你知道校园报道是谁负责发布的吗?"

"知道,我不会因为发布人是你,就把错的说成对的。"

孔庭恩咬咬牙,不屑地冷笑一声:"所以,你认为讲究时效性和真实性就绝对正确了?你知道'白小燕案'吗?"

冯千阳摇头。

孔庭恩耐着性子陈述:"白霜霜是一名演员,她的女儿白小燕被绑架了,歹徒警告白霜霜,一旦报警就撕票。白霜霜女士表面配合,但私下里早已向警方寻求援助,那些记者就像你一样,一味追求时效性和真实性,硬是将白霜霜与警方接洽的真实情况报道出

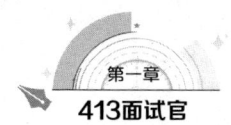

第一章 413面试官

来,最后你猜怎么样?"

冯千阳默默垂头,好像她就是那名报道白小燕案的记者似的。

孔庭恩目光冷厉,犹如一个足智多谋的军师睥睨有勇无谋的士兵,缓声开口说:"现实没有童话,记者报道之后,歹徒撕票了。时效性和真实性,有时会给一个无辜的人带来致命伤害。冯小姐,你的面试结束了,可以离开了。"

这就结束了?糟糕,我是不是搞砸了?

冯千阳懊恼地想,迟迟不肯转身离去,焦虑地看着孔庭恩,奢望从他决绝的态度里找到一丝尚可回旋的余地。

孔庭恩明显已对她失去兴趣,自顾自低头看面试表,注意力早已转移到下一位面试者身上。

在他右侧,卷发姑娘不停地对冯千阳眨眼,冷漠地催促她离开。

冯千阳很不甘心,双手拢成拳头,极力克制着因失望而起的恼怒,道:"如果我落选,那原因只有一个,你害怕,因为我真实。你怕我踏踏实实、兢兢业业、勤勤恳恳,从此你就不能愉快地蹭热度了。你怕我的认真会把你的小聪明比下去!"

冯千阳按捺住沮丧的心情,高昂着头转身离开,一吐为快后,她心里舒坦多了。她不知道自己究竟哪里错了,她不过是指出校园报道的不足之处而已,面试官竟这么玻璃心,这就把她刷下去了?

她走到教室门口,身后有人冷不丁喊住她:"冯千阳同学。"

又是一句中文,落在冯千阳耳里,像句亲切的嘲笑。

冯千阳不慌不忙地回头,迎上孔庭恩冰冷的目光,也切换至中文模式问:"孔学长,你还有事?"

"有。"孔庭恩用中文应允一句,继而又用英文说,"刚才,你说谁怕你了?"

"你,玻璃心。"冯千阳忍不住翻了个白眼。

岂有此理?这丫头只懂纸上谈兵,没半点儿校园记者的工作经验,却狂妄指责他的工作方式,还嘲笑他是玻璃心,甚至,她还朝他翻白眼呢,这不是公然挑衅是什么?

孔庭恩被她气笑了:"所以,踏踏实实、兢兢业业、勤勤恳恳是你的人设?"

"不只这些,我还敢于挑战权威,提出意见,表达真我。比起那些虚伪地讨好面试官的家伙,至少我真诚。马克·吐温说过,当你站在大多数人那边时,就该想想自己是不是错了。"冯千阳指了指四周,自信地挺了挺胸,"你看,这里除了我,谁敢批评你?如果除了我,没有人敢指出你的错处,那就证明,你的身边没有一个对的人。"

"……"

她分明一副很有道理的样子,孔庭恩忍不住又笑了:"废话不多说,既然你这么信誓旦旦,我倒是乐意提供给你一个证明自己的机会,你最好能说服我,证明你就是我身边对的人,下周一同一时间同一地点,来参加会议。"

"啊?"

孔庭恩用中文重复一遍:"下周一同一时间同一地点,你来参加新闻小组的会议,不许迟到。"

这么说,她通过了?

冯千阳难以置信,愣愣地看着孔庭恩。

被她这么看着,孔庭恩反倒有些不好意思,幽幽提醒道:"还不走?女孩子不要用那样的目光看男孩子,别人会误会的,我知道我很好看,但也请你收敛一点儿。"

冯千阳如梦初醒,尴尬地挠挠头,挥了挥手:"下周一见。"

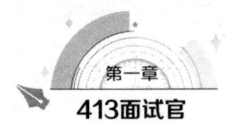

第一章 413面试官

她一走,两侧的"助手"好奇地凑过来,问孔庭恩:"你和那个名字很难念的女生说了什么?该不会因为她是中国人,所以你才让她通过?"

"我不会用这种方式抒发爱国情怀的。"

"那你为什么选她?"

"为了马克·吐温。"

孔庭恩瞪两人一眼:"她确实很有批判精神,单凭这点,我就相信她能找到不同的新闻角度,刚好弥补你们的不足。"

孔庭恩用笔敲了敲两人的额头:"在这一点上,你们都不如她。"

本以为搞砸了面试,没想到孔庭恩一念之差,又让她入选了新闻小组,冯千阳心里分外雀跃。

至于他怎会突然改变主意,冯千阳猜想,大概是自己公然顶撞了他,伤害了他那可怜的自尊,所以他才想把她收到麾下,在往后的日子里伺机报复。

周一下课铃一响,冯千阳便迅速收拾背包,直奔413教室。

刚下课的学生还没走光,新闻小组的其他组员也尚未到场。孔庭恩坐在教室靠窗的位置,不经意间回头,意外看到了冯千阳那双充满期待的眼睛。

他索性起身走出教室,用中文招呼:"我们刚下课,要等我的同学都走了,会议才能开始。下课铃刚响不久,你动作够快的。"

"是,我很看重这份差事,而我不想掩饰这一点。"冯千阳说。

她倒是坦荡直率,孔庭恩再次端详她,冯千阳是那种越看越好

看的女生,她个子不算高,在亚洲人里算中等,跟欧美人比起来就太矮了。

"听说你刚来美国不久,一切还习惯吗?"他没话找话,反正多了解一点儿自己的组员不是坏事。

冯千阳很健谈:"这要看你指的是哪些方面了,是这里的人用英语交流这件事,还是沙拉汉堡冰淇淋?如果是吃的,我能适应,至于这里的人嘛……对你我还挺习惯的,毕竟你是中国人。"

"谢谢你的夸奖,新组员,我对你也很习惯。"孔庭恩学着冯千阳的措辞戏谑道。

彼时,413教室的同学都已离开,新闻小组的组员纷纷赶到,孔庭恩领着一众人鱼贯而入,让大家随意找座位坐下,他径直走上讲台。

冯千阳在最靠近讲台的位置坐下,俨然一副求学心切的模样。

孔庭恩强忍住笑意,面向众人道:"首先,我们欢迎新加入的四位组员——贝丝、比利、伯特仑和冯千阳。考虑到拼出冯千阳的名字对各位来说有点儿困难,我想她或许会有一个英文名。"他转头问冯千阳,"你有吗?"

"我没有。"冯千阳充满歉意地摇摇头。她之所以没有英文名,是因为她不愿意去想,她不需要别人亲昵地称呼她,她不想跟任何人成为朋友。曾经在她最需要陪伴的时候,最好的朋友背弃了她,如今的她,不愿再付出真心。

在这个国度,中文名就像是一个防护罩,大家读不出拼音,记不住她的名字,便无法接近她。不过此一时彼一时,眼下她成了校园记者,为了方便工作,她确实需要一个英文名字。

孔庭恩略感意外,还以为她是为了跟自己套近乎,以便通过面试,才在面试那天坚持使用中文名。

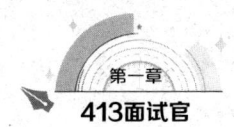

第一章 413面试官

"你能否像上周面试那样,来一场即兴发挥,给自己临场创作一个英文名?"孔庭恩问。

冯千阳摆了摆手:"今天没有灵感,没办法即兴创作,要不这样,组长,你来即兴一下,赐我个英文名?"

孔庭恩咋舌。

冯千阳笑眯眯道:"来吧,组长,请开始你的表演。"

很好,她又给他出难题了。有一瞬间孔庭恩怀疑,她生来就是为了治他。

不行,他堂堂麦高芬中学的高才生,怎能被区区一个英文名难住?

孔庭恩直勾勾盯着冯千阳,犹如画师在观察自己的模特,思索片刻,他打了个响指,拿起笔在白板上写:

Thousand(千)→Thousun(千阳)!

"你觉得怎么样?"孔庭恩问。他对自己的这个创意十分满意。

冯千阳回味了一番,点点头:"很贴切,我喜欢。"

有组员马上意会:"原来,Qianyang就是Thousun的意思?Thousun,你的名字里有一千个太阳?这是个很强大的名字啊!"

"确实。"冯千阳笑了笑,攥紧拳头抡起纤细的胳膊,向人炫耀并不存在的肌肉,自信满满地说,"我确实挺强大的。"

孔庭恩暗暗翻了个白眼,拍拍手引起所有人的注意,开始布置新学期的采访任务:

"由于这个学期我们有新组员加入,近期的采访任务将会以'一带一'的形式进行。克雷吉,这周六有西雅图记忆力锦标赛,你社交能力最强,由你负责外出采访,带上新组员贝丝。维维安,这周五我们学校的志愿者会到疗养院慰问,你带上比利一起去采写。艾奇逊,就在上周,十一年级有几位男生放学后打架,你带上

伯特去了解一下缘由,写一篇采访稿,批判校园暴力。其余的人保持敏锐,关心时事,留意校园动态,捕捉校园趣闻。各位还有问题吗?"

众人纷纷摇头。

冯千阳举起手:"我有问题!组长,其他新组员都有老组员带,那谁带我?"

"我。"孔庭恩拍拍胸膛,"你跟着我就行,我对你另有安排,其他人还有问题吗?没问题的话,新组员给我留一个联系方式和家庭住址,我会把新的联系表发送到各位的邮箱里,方便大家联系。好了,散会。"

新组员依次留下个人信息后离开,冯千阳忐忑又期待地走到孔庭恩身边,教室里只剩他们俩了,她自然而然地用中文问:"组长,接下来有什么任务?"

孔庭恩故意卖关子:"你先跟我去趟图书馆。"

他背起背包,带着冯千阳向校园图书馆走去,这时早过了麦高芬中学的放学时间,校园路上略显冷清。

今天是个大晴天,初秋的金黄色并没有很快地降临到西雅图,四周仍是一片夏季弥留的绿色。风很温和,吹来一阵花香,冯千阳的发梢不经意间扫过孔庭恩的脸,他皱了皱眉,抬手挠了挠微痒的脸。

冯千阳忙把手伸进卫衣口袋,取出一个橙色橡皮筋,迅速把头发扎成短马尾,然后朝孔庭恩笑笑:"抱歉哈,我的头发拂到你了。"

"没关系,你的头发又不臭。"

"……"

图书馆很安静,冯千阳下意识放轻了脚步,跟随孔庭恩走到一

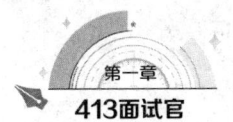

张空桌前坐下。

孔庭恩从背包里拿出一台手提电脑，连上Wi-Fi（一种短距离高速无线传输技术）后登录邮箱，将邮件打开，下载了文档，然后将电脑推到冯千阳面前："这是上周末他们发给我的采访稿件，你校对一遍。"

"校对？"

"是，校对。一些新组员在语法和用词上有时候不够严谨，辛苦你了。"

"不辛苦。"冯千阳拼命掩饰失望的表情，把脸凑到电脑前，默默读着别人的新闻稿件。一边读一边幻想有一天，稿件的署名人一栏会写着自己的名字。

孔庭恩若无其事地翻着课本，故作认真地复习功课，余光不时扫向身旁的人：冯千阳失落的表情皆被他收入眼底。他当然知道她不高兴，可他就要磨一磨她那股缺乏理性的蛮劲儿。

想当记者，不能只有热血，这是一份需要理智对待的工作。

尽管对校对工作毫无兴趣，但好歹是组织交代的任务，冯千阳只得沉住气，认认真真将所有稿件校对了两遍，查漏补缺了一番，然后将电脑归还给孔庭恩："好了。"

孔庭恩合上课本："下周同一时间，我们在图书馆碰面。"

"下周？"

"对，下周。"

"我还要继续校对？"

"是的，你还要继续校对，下周，下下周，下下下周，总之，这个学期的校对工作都由你来完成。"孔庭恩打开文档，查看冯千阳的校对成果。

冯千阳黑着脸，端详孔庭恩线条硬朗的侧脸："组长，这个学

期,我是不是都不能参与采访工作,只能当个寂寞的校对?"

"暂时是这样安排的。再说你也不算寂寞,我不是陪着你吗?"

谁要你陪啊!冯千阳愤然起身,不自觉提高了音量:"孔庭恩,你报复我?"

孔庭恩看了看四周,竖起食指,提醒她:"这里可是图书馆,要保持安静,赶快坐下!"

冯千阳正在气头上,狠狠瞪了他一眼。旁边的人一阵好奇,纷纷朝他们看过来。

孔庭恩一把将冯千阳按回座位,放低声音说:"工作无贵贱之分,怎么?你觉得我要你校对稿件,大材小用了?"

岂有此理?他竟还揶揄自己!

"孔庭恩,我面试那天有点儿紧张,顶撞了你,所以你要公报私仇是不是?"

"你爱怎么想是你的事,我没那工夫解释!"

孔庭恩不屑争吵,回头继续看电脑。

冯千阳咬咬牙,突然伸出双手,扳住了孔庭恩的肩,霸道地扳过来,逼着他正视自己。

"孔庭恩,成为一名记者对我来说相当重要,就像不能失去爸爸一样重要,你能想象到吗?"

孔庭恩本想继续戏谑她,可是被冯千阳这么一吼,他怔住了,一句话也说不出口。

他不过是较劲,她却是较真儿。

"孔庭恩,你身为组长,居然利用我的理想打击我,只为出你自己那一口怨气,你这种做法,实在不像个男子汉!"冯千阳急红了眼圈,不想再和他浪费时间,拿起书包就走。

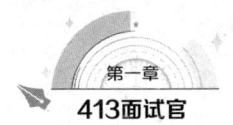

第一章 413面试官

孔庭恩愣了愣,刚才,她是被自己气哭了吗?

孔庭恩收拾好背包,急急往外跑,跑出图书馆后,一眼望见那个瘦削孤独的身影。

"冯千阳。"

冯千阳假装没听见,加快脚步往前走。孔庭恩加紧步伐跟了上来,她干脆小跑起来。

孔庭恩一个箭步冲上来,伸手拉住了她,确认冯千阳眼里并没有泪,这才松了一口气:"吓我一跳,还以为你哭了。"

"哭?为什么?为了你吗?不好意思,没让你看成笑话,我是有点儿气急败坏,但我不是那种动不动就哭哭啼啼的女生。"

她想继续往前走,可孔庭恩挡住了她的去路,认真地说:"冯千阳,我没想看你笑话,我没这种阴暗的爱好。"

"那你的爱好是什么?滥用职权,公报私仇,还是追着别人屁颠屁颠地跑,趁机炫耀大长腿?"

"……"

孔庭恩又气又好笑:"冯千阳,你是不是每次感到焦灼,就会变得这么尖酸刻薄,和整个世界过不去?"

"没,我没和世界过不去,我顶多和你过不去而已。"冯千阳无心恋战,甩他一记眼刀,一弯腰从他的胳膊下钻过去,继续走自己的路。

孔庭恩喊住她,试探着问:"你想退出新闻小组吗?"

冯千阳猛地一怔,回过头,万分笃定道:"如果你非要让我当校对,那我就当校对,谁让你是组长呢,我认栽,但我不会退出的,坚决不会!"

经过两年前那一役,谁也别想再击倒她,冯千阳暗暗起誓。

孔庭恩感受到她的执着,心里难免有些好奇,冯千阳说过,当

记者对她而言很重要,就像不能失去爸爸一样重要。

难道……她失去了爸爸吗?那不就和他一样了?

一丝怜惜涌上心头,孔庭恩有些心软:"我刚刚说过,工作不分贵贱,做校对并没有低人一等。如果你真的那么渴望采访,我可以让你试一试,别人有的,你也该有。但是……采访范围仅限于校园内,目前你经验还不够,不能外出。至于能不能在校园内挖掘新闻,那就要看你自己的观察力和运气了。"

"你允许我出去采访?"冯千阳喜出望外,"组长,那是不是从明天起,我就可以写自己的新闻稿了?"

"如果你有重大发现的话,当然可以!不过我提醒你,校对的差事仍然由你负责,跑不了的。"

"没问题。"冯千阳比画一个"OK(好的)"的手势,刚刚的坏情绪统统消散,仿佛与孔庭恩从未有过芥蒂。

她看重的是记者工作,对于孔庭恩这个组长,不论他对她是友好还是冷酷,她并不真的在意。

终于能以记者的身份开始采访了,冯千阳由衷地欢喜。

她深深地向孔庭恩鞠躬:"谢谢组长,没想到在紧要关头,你的善意战胜了你的恶意,我真为你感到高兴!"

孔庭恩嘴角抽搐,这女孩是变着法子骂人呢:"冯同学,你要不会夸人就别夸了,别做自己不擅长的事。"

要问冯千阳为什么如此强烈地渴望成为一名记者,那得追溯到两年前的那个雨天。那时冯千阳一家还没有移民美国的打算,冯千阳还在硕都的长英中学念初二。

那一天,冯千阳打着自己最喜欢的小彩伞出门,冯爸爸追了出

来,语重心长地叮嘱道:"今天要像平时一样,好好上课,不要胡思乱想。"

冯千阳点点头:"我当然会好好上课,不会胡思乱想,爸,你别瞎担心啦。"

"那就好。"冯爸爸和蔼地笑着,伸手揉了揉冯千阳的脑袋瓜,"下雨天,路上小心点儿,爸爸今天有事,就不送你了。"

冯千阳说没关系,挥挥手走了。

刚到学校,她就敏锐地察觉到班里的气氛不对。同学看她的目光很可疑,那忌恨的眼神如同在看一个穷凶极恶的罪犯。

冯千阳带着满腹疑惑回到自己的座位。

同学们开始交头接耳,毫不顾忌冯千阳在场,不时瞄她一眼,生怕她看不出大家都在批判她。

冯千阳眼观鼻鼻观心,默默拿出课本不予理会。同桌季萍萍煞有介事地将桌子往一侧挪了挪,刻意拉开与冯千阳的距离。

尽管桌子与桌子之间只隔着一条缝隙,但已足够表明季萍萍的态度,她正在向冯千阳传达自己的抵触情绪。

非议声越来越高,冯千阳开始犯嘀咕——同学们都怎么了?她做错什么了吗?

冯千阳揉揉太阳穴,试探地看一眼隔壁组的闺蜜陶叶,希望对方能大发慈悲告诉她,这个清晨到底怎么了,究竟发生了什么事,同学和同桌怎么都对她这般敌视?

感觉到冯千阳投来的目光,陶叶略显躲闪,不知所措地别转了脸。

她的反应让冯千阳很受伤。同学们当面议论她,冯千阳姑且可以忍;同桌要与她划清界限,冯千阳也可以忽略;可连最要好的朋友也刻意回避自己,冯千阳实在难以释怀。

她起身走过去拍拍陶叶的肩膀:"可以谈两句吗?我在走廊等

你。"

陶叶是个长发女生,走起路来,马尾辫总是很有节奏地一甩一甩,令人有种上前一把揪住的冲动。

念着往日的情分,陶叶无法装聋作哑,更何况冯千阳已经找上门了,她无处可藏,唯有认栽,跟着冯千阳走出了教室。

"到底怎么了?"冯千阳劈头盖脸地问。

陶叶不敢置信:"你是真不知道还是假不知道?"

"我真不知道。"冯千阳摊摊手,"发生什么事了?同学怎么了?你和我的同桌,为什么要这么对我?你们干吗一副同仇敌忾的样子?我整个人都是蒙的。"

"我没有同仇敌忾,我只是……不知道要怎么办,你等一等。"陶叶略感为难,她没想到冯千阳还不知情,她似乎对自己父亲的事一无所知。

陶叶家境优渥,刚上初中就用上了手机,到哪儿都带着。她返回教室取出手机,然后回到走廊,登录微博点击热搜榜,将手机递给了冯千阳。

冯千阳看到了父亲的名字,甚感诧异,点击热搜一看,各大媒体都在报道一件事。

恒星集团在中国医药行业,乃至国际医药行业,都是顶尖大企业。最近,恒星集团正在研发一种新药物,经临床试验,有志愿者服药后致死。而这种药物的研发报告,竟是恒星集团从竞争公司那里剽窃来的。

恒星集团自食恶果,而剽窃他人劳动成果的具体人员,正是研发组组长,冯千阳的爸爸,冯秋盛。

恒星集团在行业内地位显赫,这桩国际性的商业丑闻让恒星集团名誉扫地。

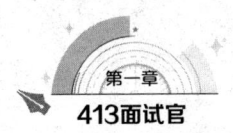
第一章
413面试官

据微博大V（网络社交平台上获得个人认证并拥有众多粉丝的用户）透露，冯秋盛已被开除，并在出门上班时被警方逮捕拘留，带回去协助案件调查。

"不可能！"冯千阳浑身控制不住地战栗，"我爸爸才不会偷别人的东西，我爸爸一定是被冤枉的！"她对爸爸一向充满敬佩和信任，她相信他绝不会做那种有损职业操守的事。

"陶叶，你相信我吗？我爸爸绝对不是那种人！"冯千阳看着好朋友，可从对方眼里，她读到的只有同情和怀疑。

陶叶，她的好朋友，非但没有在这个时候为她挺身而出，甚至在全世界都怀疑她的时候选择背弃她。

冯千阳不知道，究竟是舆论压力太过逼人，还是她和陶叶的友谊太过脆弱。她将手机还给陶叶，拼命摇着她肩膀："陶叶，你到过我家吃饭，见过我爸爸，他还给你做过柚子茶，在你生日的时候送过你和我同款的手套，你接触过真真实实的他，怎么能够怀疑他？"

陶叶为难地摊了摊手："我……我是想相信的，但我妈妈说，人不可以貌相……你爸爸一定不是好人，好人又怎么会偷东西？我妈妈还说，上梁不正下梁歪，要我以后……和你保持距离，不可以再把你带到我们家里。"

"你妈妈凭什么这么说我爸？"

"这么说你的可不只我妈妈，还有别的同学！是你爸爸做错了，你别拿我妈妈撒气！"陶叶也提高了音量。她无心再与冯千阳周旋，她怕别的同学会质疑她，居然会和冯千阳这样的人做朋友。

"冯千阳，快要上课了，我要先回教室了。"

陶叶面无愧色，毫无留恋，走得飞快，往日的友情似乎被今晨滂沱的大雨冲刷走了。

　　冯千阳倍感委屈，恨不得冲到陶妈妈面前，与之唇枪舌战三百回合。看着陶叶熟悉又陌生的背影，冯千阳感到很孤单，似乎在一瞬间被整个世界孤立了。

　　上课铃响，冯千阳迈着沉重的步子回到座位，同桌季萍萍警惕地瞥了她一眼，又将课桌挪远了一些，二人间的缝隙被拉得更宽。

　　"我该称呼你爸爸是贼，还是盗，还是杀人凶手？"季萍萍挖苦道。

　　冯千阳怔了怔，怒不可遏地质问："你亲眼看见我爸偷东西了？还是亲眼看见他杀人了？你这么理直气壮，好像你在案发现场一样？"

　　"呵呵，我没在案发现场，但我看了微博！"

　　冯千阳冷笑："你看了微博，不等于你看见了事实。我也可以发一条微博，指控你人身攻击伤害我，难道你就成了暴力狂？无凭无据别胡乱指控，不然我可以告你诽谤！"

　　"哇，你们快来看！"季萍萍向四周招呼，"冯千阳的爸爸做了坏事，她居然还有脸在这里叫嚣，果然一家子都不是好人！也难怪，她爸爸忙着偷东西，哪里有时间好好管教她！"

　　"呵呵，你父母倒是有时间管教你，却把你教育成这副血口喷人的德性。"冯千阳盯着对方回击道。

　　老师刚好走进教室，听见冯千阳和别人争执，不悦道："冯千阳，要上课了，你先坐下，有什么事等课后解决！"

　　可她等不到课后了。

　　冯千阳无法平静，此时此刻，她根本无心计较大家怎么看她，即便连好朋友都抛弃她，她也没那闲工夫难过。她只担心爸爸。

　　她背上书包撒腿就跑，老师都没来得及拦住她。

　　那是冯千阳第一次旷课逃学。她不怕受到同学的冷眼和攻击，

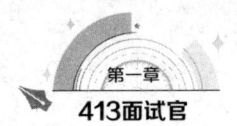

但她担心爸爸出事。

微博上说,爸爸已经被警方控制拘留,她必须马上见到妈妈,问清楚是怎么一回事。她还要去公安局,安慰爸爸,法律会还他一个清白和公道。

冯千阳走得太急,把雨伞落在教室了,她冒着大雨,一路奔向市妇幼医院,妈妈在那里当妇产科医生。

医院的护士同样没来得及拦住冯千阳,她不管不顾,推开了办公室门。

妈妈正在给一名孕妇检查,匆匆瞥一眼冯千阳,发现她浑身湿透了,眼角布满水珠,不知是雨还是泪。

妈妈知道瞒不住了,可眼下她得先忙工作,于是柔声对冯千阳说:"我知道你想说什么,先到外头等我,一会儿和你细说。"

妈妈平静的语气给了冯千阳莫大的安慰,她的情绪稍稍平复了些,轻掩上门急切地问:"妈,我只有一个问题,爸爸还好吗?"

"还好。"妈妈朝冯千阳笑了笑,"不论遇到什么事,都没必要淋湿自己,要相信你爸,就像我相信你一样,一切都会好起来的,我们都会好好的。"

冯妈妈的镇定使冯千阳振作了不少,她终于不那么慌了:"妈,我到外头等你。"

她将满腔的疑问咽进肚子,默默退了出去,不再妨碍妈妈工作。

妈妈说爸爸没事,那爸爸就一定没事,妈妈说"一切都会好起来的,我们都会好好的",那一切便都会好起来,我们也会好好的。冯千阳不停给自己打强心针,试图让自己相信,事情没有想象中那么恶劣。

无奈,事与愿违,冯千阳一家并没有好好的,相反,不明真相的人差点儿将爸爸逼上绝路。

「第二章」 克雷吉风波

"组长,谢你不吝赐教,可你的那一套我实在学不来。我呢,就不浪费时间邯郸学步了,我要发挥我自己的风格,请你尊重我的个人意愿,别再给我乱带话题蹭热度了。我谢谢你!"

1

流年旧梦俱往矣,又随烟雨上心头。

伴随着轻轻的叩门声,温柔的呼唤声随之响起:"千阳,该起床了。"

是爸爸的声音。

有时候,冯千阳会分不清楚,这声音是来自梦中还是现实。自从遭遇家变之后,冯千阳的梦里总会出现爸爸的身影,她梦见过他的笑容,也梦见过他的失落。

"爸,我醒了,马上出来吃早餐。"

窗外传来"啪嗒啪嗒"的敲打声,西雅图又下雨了。

冯千阳迅速换下睡衣,走到起居室。爸爸已经在餐桌上为她准备好一杯热牛奶和一份法式吐司。

父女二人安静地进食,冯千阳想起昨夜的梦,总忍不住偷瞄爸爸,但她的小动作根本逃不过爸爸的火眼金睛。

"怎么了?"冯爸爸问,"你今天眼神不太对?"

冯千阳吓得猛地咽下一口吐司,摆了摆手说:"没事,就是想看看你。"

"我是不是老了?"爸爸冷不丁地问。

冯千阳抬眸仔细观察,爸爸面容平和,待她温柔如初,但她几乎再没听见过他的笑声,岁月似乎无法抚平他的伤口。

"没老,还是那么英明神武。"冯千阳观察完毕,"对我而言,爸爸永远是以前的样子,就像我对爸爸来说,永远是个长不大的孩子。"

"我才不希望你永远长不大呢,否则我不得累死?你还真想让我养你一辈子啊?"冯爸爸朝冯千阳眨眨眼,"当然,我也不希望自己是以前的样子,每个人都会随着时间而改变,这是时间的目

的，也是生命赋予时间的意义。"

冯千阳眨眨眼，歪着头说："如果我一定会改变，爸爸希望我变成什么样子？"

"我希望你变成自己想要的样子。"爸爸宠溺地摸摸爱女的脑袋瓜，"快吃吧，要迟到了。"

冯千阳看看时间，不敢再耽搁，狼吞虎咽地吃掉吐司，拎起书包就往外跑。

这些天，冯千阳每天回校都充满期待，期待着麦高芬中学会发生大事件，能够满足她校园小记者的敏锐嗅觉。这些天，一回到教室，冯千阳便开始耳听八方，盼着能在课余时间，从同学们的言谈中捕捉到趣闻。到了吃午饭的时间，她会在校园里四处游荡，尝试遇到有趣的事，但都收获甚少。

一直到她发现图书馆有位同学拾金不昧，捡到一部苹果手机后，诚实地归还给失主，立刻为这位同学写了一篇采访稿，标题为《他在平凡中闪光》。这篇仅三百字的新闻稿措辞平实，情真意切。

冯千阳交了稿件，焦急又兴奋地等待孔庭恩答复。孔组长审稿很给力，才一刻钟就回复了她的邮件：

很好。

只有两个字，他说很好，那就是一次过稿，内容不需要修改咯？冯千阳回复了一句"谢谢"，心满意足地退出邮箱。

翌日起床第一件事，冯千阳便登录推特和脸书，看一看学校的官方账号。

果然，她撰写的那篇《他在平凡中闪光》已经在推特号上发布，标题被浮夸地修改为《连乔布斯也会称赞他》。

不只如此，发文的人还让这篇文章蹭上了乔布斯的热度，收获

了不少点赞和评论。

　　评论里，夸奖不少，但也不乏控诉。有网友质问作者："不过是捡了一部苹果手机，关乔布斯什么事儿？他已经去世了！"

　　冯千阳看完评论，退出推特，揉着太阳穴说服自己：千万别动气，这是孔庭恩一贯的处事方式，这不是他第一次这么干了，之前有同学退学，孔庭恩特地在稿件标题里加上"比尔·盖茨"的名字，误导大众以为这又是一篇关于亿万富翁的报道。还有上次，别的组员对数学竞赛进行报道，那天刚好是一对好莱坞明星大婚之日，他居然蹭人家的婚礼热度，标题浮夸地改为"阿博森夫妇不愿错过的比赛"。

　　冯千阳对这种行为嗤之以鼻，而接下来的几周里，局面变得更糟，冯千阳再也无法忍受孔庭恩在未征得她同意的情况下，擅自修改稿件标题。就算他是组长也没有这个权力。

　　他是组长，但新闻稿件是她写的，如果他有不满之处，大可以批评指正，而不是擅自修改，这很伤冯千阳的自尊，她觉得自己被冒犯了。

　　新的一周，同一时间，新闻小组全员在放学后到413教室碰头。

　　孔庭恩一如既往地站在最权威的位置，发表着最自信的讲话，有条不紊地给每个组员安排任务。他向来不是啰唆的人，每次会议都不会超过一刻钟。

　　即将结束时，他循例问："大家还有问题吗？"

　　"有。"冯千阳绷着脸坐在离他最近的位置，按捺着满腔怒火，扭头问所有人，"你们曾经被人修改过稿件的标题吗？"

　　"当然，"大家异口同声，"这向来是组长说了算！"

　　冯千阳对这种集体性的驯化感到不可思议："你们对此没有

异议？"

"为什么要有异议？组长运作得很好，难道你没发现，我们学校的官方号不论是在推特还是脸书，人气都是最高的，连市长都关注了我们学校。"

"呵呵，简直太好了。"冯千阳扯了扯嘴角，违心地笑了笑，回头看向孔庭恩。

他站在讲台上，笑容十分得意。

"千阳小姐，你还有问题吗？"他挑衅似的问。

或许是出于逆反心理，又或是连日里压抑在心头的恼怒，冯千阳无法原谅这个沾沾自喜又自以为是的人。

"我没有问题，我有意见，为了得到重视，我需要在会议上提出来！"冯千阳不甘示弱道。

"欢迎。"孔庭恩切换到中文模式，"我洗耳恭听。"

冯千阳咬咬牙，用一口流利的英文说："首先，我希望你能及时传达对我稿件的意见，哪怕你在邮箱里回复一句'很好'或'不错'也行；其次，有关我稿件的标题，请你不要擅自修改，如果你非要修改，应该征得我的同意，最好能和我一起协商；最后，不要给我的新闻稿件带上与之不符的话题，这种蹭热度的方式，让我感觉自己像个刚学会一加一就冒充数学老师的骗子。"

冯千阳振振有词地发表完意见后，才发现教室里安静得可怕，她往身后瞥了瞥，那些组员都抱着看热闹的态度，满怀期待地看着孔庭恩，等待他对冯千阳进行一番尖酸刻薄的教诲。

孔庭恩并不急着接过话头，他刻意沉默了几分钟，好让冯千阳的话完完全全地掉到地上，让气氛更尴尬，让局面更难堪，让她开始失措。

至少，他认为她应该失措。但冯千阳偏要端着副不畏强权的架

势,头昂得高高的,腰挺得笔直的,明明比他矮一个头,却给他居高临下的错觉。这让孔庭恩意识到,他必须要以牙还牙,重夺话语权了。

"首先,我在邮箱里回复'很好',是针对你的稿件正文。你从没犯过低级错误,我想这得益于我逼着你做了一段时间的校对工作。"

"不。这和校对工作无关。"冯千阳冷声应道,"我不犯他们常犯的语法错误,只是因为我在这里是个外国人,我对英语的语言组织要依赖语法,而不像他们能够依赖本能,另外,我比他们都更在乎这工作,我愿意花时间在稿件发送出去之前检查个十遍八遍而不觉得累。"

"哦,那简直太好了。"孔庭恩笑笑,"凭千阳小姐你难能可贵的耐心,放在美国20世纪50年代大概可以成为一名……渺小却杰出的百货商场电梯操作员,这种精神正是他们需要的。"

"……"

"言归正传,我们来谈谈稿件标题的事情?鉴于你的反应像只在老鹰面前护犊子的母鸡,我有必要提醒你,我不是爱吃鸡的鹰,我知道自己在做什么,给一篇新闻稿取一个合适的标题,讲究的是技巧和时效,这可不像给自家孩子起名,还要小两口商量一番。时间有限,我没工夫和你商酌。最后,我们来谈谈蹭热度的问题,蹭热度怎么了?这又不是不光彩的事,你之所以这么不屑,是因为你对市场一无所知。我可没让你刚学会一加一就冒充数学老师,但你也别刚学会一加一就质疑数学老师。我的陈述够清楚了吗?"

413教室再次安静下来,人们将目光投向冯千阳,鼓励、嘲笑兼而有之:鼓励她继续借题发挥与孔庭恩争吵,嘲笑她自不量力妄想和组长博弈。

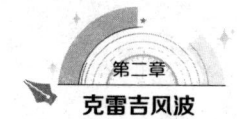

第二章 克雷吉风波

冯千阳并不指望像孔庭恩这样自视甚高的人肯当众承认错误,她的目的只是要让他知道,她不是那种可以被无视的人,他必须要知道她对他的领导方式很不满,而她做到了,今天没有遗憾了。

她背起背包,不卑不亢不急不躁地用中文说:"组长,谢你不吝赐教,可你的那一套我实在学不来,我呢,就不浪费时间邯郸学步了,我要发挥我自己的风格,请你尊重我的个人意愿,别再给我乱带话题蹭热度了,我谢谢你!"

"不客气,我的荣幸。我保证,以后不会再修改你的标题,发布你稿件的时候也不会带上热搜话题。"孔庭恩满不在乎地说。

冯千阳比画了一个"OK"的手势,在众人目送下离开了教室。

孔庭恩说到做到,自那天后,当真没再修改过冯千阳的稿件标题。冯千阳的新闻在一众标题浮夸的新闻列表里,显得格格不入又清新脱俗。

孔庭恩也没再给冯千阳的稿件带上热搜话题,如此一来,其他稿件都收获了不少流量、评论和点赞,冯千阳的新闻却反响平淡。

孔庭恩以为冯千阳会沉不住气,回头央求他大人不记小人过,可冯千阳十分沉得住性子,她就是愿意平实地报道新闻,哪怕她的付出没有掌声,她也乐在其中。

久而久之,一个关于新闻小组的定论便在校园里传开——所有来自冯千阳的报道都可以忽略,因为她的报道没有点赞,没有评论,没有热度,内容必定也是枯燥无味。

冯千阳不气恼也不气馁,一门心思埋头苦干,对于所有关于她的负面舆论置之不理。

孔庭恩实在有点儿摸不着头脑,他不知道冯千阳的脑袋瓜里装着的都是什么:她固执、自我,有时候甚至偏激。

他发现,自己在冯千阳面前,不论是权威还是人气,哪怕是组

长身份,都对这个女孩毫无威慑力。

她太不把他当回事了,他真不喜欢她。

尽管对孔庭恩这个组长不认可,但对于他交代的工作,冯千阳还是认认真真地对待。

这天,冯千阳在图书馆里完成了稿件的校对,看时间还早,便打算写完作业再回家。

任何时候,电脑位都是图书馆最抢手的位置,冯千阳一下课就来了,自然占得到位置,她作业写得入神,一阵低声的交谈唤醒了她的新闻触觉。

她觉得那声音有点儿耳熟,抬头看一眼,竟是克雷吉,当初的副面试官,新闻小组的副组长,孔庭恩的好朋友。

克雷吉外形出众,有一头栗色短发,一双叫冯千阳感到新奇的绿色眼瞳,他有极强的社交能力,一直负责新闻小组的"外交工作"。孔庭恩把大多外出采访的重要任务都交给了他。

尽管冯千阳从未与克雷吉有过私下接触,但对这个相貌堂堂的男生,还是颇有好感。

发现冯千阳正在看他,克雷吉朝她挤了挤眼:"哈喽!"

冯千阳用微笑代替问候,又低头专注自己的作业。

交谈声仍在继续,克雷吉的声音带着戏谑传来。

"麦克,我认为你很有必要给我让座。"

"为什么?是我先来的。"麦克明显不愿意,极力为自己争取,"克雷吉,大家来图书馆得不到电脑位的通常做法是,回家。"

"我不回家,我和朋友约好了晚上一起看电影,在此之前,我

第二章 克雷吉风波

得写完报道。"克雷吉晃了晃手里的笔记本电脑,"我刚刚挖掘了一宗新闻事件,足够轰动全校。你应该知道我的能力,我也可以为你写一篇轰动全校的新闻,除非你没有爸妈。你知道我在挖掘新闻方面有特殊的技巧,同学没新闻,就到同学的父母身上去找,成年人总有不为人知的污点。"

麦克的面色越发难看:"克雷吉,你不能用这种手段威胁我,我知道你用过类似的手段勒索我的同学,但我不会屈服的。"

"那就试试看,我会让你后悔的!"克雷吉叫嚣道。

冯千阳听不下去了,起身冷冷盯着克雷吉:"我把我的位置让给你,放过麦克吧!"

克雷吉两眼放光,一溜烟儿蹿到冯千阳的座位旁边,但没有立马坐下,而是笑眯眯地对她说:"谢谢,你走得很及时。"然后又看向麦克,"今天你走运了,看在我组员的面子上,就不让你上头条了。"

冯千阳面色一黑,她本打算就这么离开,但克雷吉的言谈触到了她的操守,她实在不相信自己居然和这样一个校园记者是"同事"。

在克雷吉即将坐下的瞬间,冯千阳伸脚踢开了座椅。克雷吉没反应过来,顿时摔到地上。他揉揉后臀,恼怒地瞪着冯千阳。

冯千阳朝他挤出一个灿烂的微笑,蹲下身说:"你知道吗,克雷吉?我刚刚也得到一条好新闻,我甚至都不必在同学父母身上做文章,你的存在本身就是一桩惊天大丑闻,我很惊讶怎么没人发现你的新闻价值,你贿赂我们组员了吗?还是你贿赂了我们组长?"冯千阳忽地敛了笑意,"瞧你这副被骨头卡着的样子,真像一只被霸权主义宠坏的罗威纳犬。"

赶在克雷吉朝她吐唾沫之前,冯千阳起身。在离开图书馆前,

她特地绕到麦克身边，向他使了个眼色。

她希望麦克能看懂她的意思，否则她可要在图书馆门口白等了。

冯千阳打算采访麦克，从她刚才听到的谈话中，她断定麦克知道克雷吉不为人知的一面，可她又怕报道出来后，克雷吉会找麦克麻烦，所以她不敢在图书馆里与麦克接触。她绝不希望麦克为此招来克雷吉的骚扰。

麦克还算机灵，刚才冯千阳出面帮他，甚至替他教训了克雷吉，他心里很感激，接收到她投来的眼神后，他有一瞬间怀疑是自己多心了，但他又怕，万一冯千阳真有事找他呢？

可不能让她白等，下定决心后，麦克迅速收拾背包，带着满脸疑惑走出图书馆。

果然，冯千阳就站在图书馆门口，看见他后如释重负地朝他招招手。

二人走到公交车站，利用等车的15分钟，冯千阳对麦克进行了简单的采访。从麦克那里，她知道了不少克雷吉的黑料。她的直觉没有错，克雷吉果然是个"惯犯"，他不止一次利用小记者的身份向同学提出不合理的要求。

每个班总有那么一个会受到排挤的学生，而这些学生通常是克雷吉"下手"的对象。克雷吉的惯用伎俩是，从别人口中了解到这些学生的概况，然后摆出一副很了解他们家庭背景的样子，与他们进行"洽谈"，有时候克雷吉会从这些学生那里得到一笔"封口费"，譬如麦克的同班同学；如果没有钱，这些学生会拿出自己的私人收藏向克雷吉"进贡"，以此兑换克雷吉的沉默。

冯千阳越听越窝火，她做梦也不会想到，新闻小组会有这样的败类，克雷吉根本不配当校园记者！

第二章 克雷吉风波

到家后,冯千阳连晚饭都没吃,把自己关在卧室里,"噼里啪啦"地敲着键盘,把克雷吉利用小记者身份,为自己谋取便利、威胁恐吓同学的事情悉数写了下来,控诉克雷吉。

报道里,冯千阳体贴地隐去了麦克的名字,她甚至没提到她对他的采访。她要保护好自己的受访人。

冯千阳从没这般文思泉涌过,把一切都写出来后,她感到酣畅淋漓。冯千阳心情好得很,把稿件正文和校对完毕的其他组员的新闻稿发到孔庭恩邮箱。

当晚,不论她怎么等,邮箱就像失灵了似的,怎么都等不到孔庭恩的回复。冯千阳整夜魂不守舍,每一分钟都在刷新邮箱,甚至怀疑是不是网络出问题了。

翌日,冯千阳郁郁寡欢地回到学校,因为心里装满了心事,走向教室时她一直耷拉着脑袋。

她注意到教室门口站着个人,但她并没抬头。那人拍拍她的肩膀,她不经意间回眸,孔庭恩俊美的面孔闯入眼帘。

冯千阳呼吸一窒,一瞬间慌了神,但很快又恢复镇定,招呼道:"组长,早上好,这……是我的教室。"

"我知道,我就是来找你的。"孔庭恩抓住冯千阳的手腕,将她拉到走廊一旁,"我昨晚没回复你的邮件,你应该知道自己逃不掉吧?"

冯千阳怔了怔:"逃不掉?我为什么要逃,我等你回复等了一整晚,要是知道你今天会送上门,昨晚我就不等了。昨晚你为什么不回复我,告诉我你今天会来找我?等一个人很累的,你懂不懂?"

冯千阳面色很难看,语气很差,态度很强硬,可说不上为什么,孔庭恩竟为此一阵窃喜。

他按住隐隐翘起的"小尾巴",堆起满脸高冷的表情:"我没想到你会为一个回复等一整晚,是我粗心了,我昨晚有点儿忙。"

冯千阳意识到自己一不小心助长了他的气焰,同样摆出一副"我就是说说而已"的样子:"没关系,我的新闻稿你看了?"

"看了,我特地跑来,就是要告诉你,你这篇关于克雷吉的报道,我不会发上推特。"

"原因?"冯千阳的语气更像责备而不是质问。

孔庭恩看着冯千阳,半天憋不出一个字。原因,难道他要直白地谴责她,不要把内部问题上升到校园问题,最后上升到社会问题?

冯千阳早在昨晚消耗了所有耐心,直截了当地说:"难道,就因为克雷吉是新闻小组的组员,所以他可以被包庇?"

"我会私下找他谈谈。"

嚆,果然,他就是要包庇克雷吉。

"就因为克雷吉和你关系很好?你这么做不公平,对我不公平,对其他人也不公平。以前你们也报道过类似事件,当时你们为什么没有私下找他们谈谈?另外,你们当时的新闻可以发上推特,我的这篇也可以。"

"不可以!校园记者的身份不是你们欺负同学的资本,更不是你们惩治他人的手段。你这么做,和克雷吉没有分别。"

"休想用这样的方式羞辱我。"因为愤怒,冯千阳不由得提高嗓音,"我这么做没有任何私心,我不认为自己做错了,我只是做了一件与你意见不合的事。另外,我和克雷吉有很多不同,我不欺负人,曝光他不过是替天行道罢了,我们新闻小组应该趁着这个契机进行深度反省。"

"是,深度反省,就是因为太有深度了,以至于我昨晚没怎么

第二章 克雷吉风波

睡好。"见冯千阳一副非暴力不妥协的态度,孔庭恩也逐渐失去耐心,他恼火自己竟然为了给她一个解释,整夜辗转反侧,谁知她得饶人处不饶人,一点儿也不理解他的难处。

新闻小组是一个团体,平日为了工作怎么争吵都可以,但对外应当团结一致,荣辱与共,否则以后怎么共事?

再者,校园记者曝光校园记者,这不是天大的笑话是什么?

她到底想怎样?瓦解新闻小组?这次要是开了先例,以后大家互相看不顺眼就如法炮制,长此下去新闻小组不四分五裂才怪!

她报道了克雷吉,他会放过她?在组内克雷吉比她呼声高,她要树敌也不能在他眼皮底下,他看见了,就要保护她,否则他这个组长就别当了。

而她竟还不知好歹。

孔庭恩不屑解释,皮笑肉不笑地说:"我知道克雷吉大错特错,我说过会找他谈谈,如果你还是不放心,我可以让他在会议中上演深情忏悔的戏码,直到感动天感动地感动你为止。但有一点我坚持,关于这件事,不能扩大范围。"

呵呵,说到底他还是要包庇克雷吉!

冯千阳板着脸,视线由上而下,像安检机似的扫遍孔庭恩全身。

孔庭恩感到不自在,别转脸道:"你看什么?你的目光一定要这么深邃吗?"

在孔庭恩身后,一个小插曲引起了冯千阳的注意。

一个鲁莽的男生正在走廊上玩滑板,尽管他根本不能掌握好平衡,但一颗耍帅的心激励着他硬着头皮炫酷。一个穿格子裙的女生经过,他朝她打招呼。女生微笑着挥挥手,并未留恋,径自远去。

男生情不自禁地追随那女生的倩影,一时忘了掌握平衡,脚

下的滑板"哧溜"一下滑出去,他随之向一旁倒去,笨拙地试图站稳,却踩到了滑板末端,滑板犹如离开弹弓的石弹,危险地朝孔庭恩袭来。

冯千阳抓住孔庭恩,猛地一扭身,身姿轻盈而灵敏,迅速与孔庭恩切换了位置,及时抬脚,踢开了滑板。

滑板"砰"的一声跌向地板,走廊里的学生停下脚步,目瞪口呆地看着这一幕,随后又惊魂未定地瞥了瞥冯千阳,眼神中流露出无限崇拜,仿佛在说:"那个穿卫衣的女生也太酷了吧!"

冯千阳并未在意旁人的眼光,稍稍整理了一下衣服,扭头淡定地问孔庭恩:"你怎么样,没吓着吧?"

"这话应该我问你!"孔庭恩满脸尴尬。

他刚刚是不是被一个女生保护了?

他……被保护了?而对方比他矮了足足一头,还是个女生,还是个正在跟他争吵的女生……

孔庭恩越发懊悔,怎么办?以后在她面前,是不是再也无法耀武扬威了?

冯千阳皱皱眉,发现孔庭恩沉思的表情相当复杂,可眼下她没工夫解读他的脑洞。

"孔组长,咱们言归正传。如果你拒绝用我的稿件仅仅是因为我报道的对象是新闻小组组员,这个理由实在难以让我信服。难道……"冯千阳顿了顿,怀疑地看着孔庭恩,"你不让我的新闻见光,是怕别人批评你这个当组长的领导不力?教导组员无方?"

孔庭恩气得磨牙,冷声冷气道:"真相是,我希望你更多地关注我,而不是克雷吉,所以我不会让你的新闻见光,我吃飞醋了,你别笑,这东西你想吃还吃不上。怎么样,这理由可以了吧?够不够莫名其妙?"

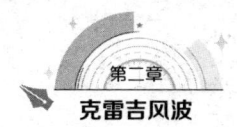

说完,他扭头就走。

自从遇见冯千阳,孔庭恩发现自己暴躁了很多,她真是个令人上火的女孩啊!

3

新闻稿件不能被采纳,要说冯千阳没有情绪,那肯定是假的,但她不是个记仇的人,也不至于为这事耿耿于怀愁眉不展,充其量就是闹点儿小情绪,一顿大餐就能缓和。

麦高芬中学一切如常,冯千阳依然是人气最低的校园记者,对此,冯千阳依然很乐观。她始终深信,只有聪明的人才能发现她的好。

校内网首页有一个新闻板块,里头囊括各个校园记者的专栏。所谓专栏,其实也就是每位小记者审核通过后的新闻稿件,都会被上传到板块上。

孔庭恩主要负责管理和统筹,甘于退居幕后,让克雷吉抢尽风头。由于克雷吉的专栏阅读量超高,甚至有同学将此夸张为"克雷吉是新闻小组的代名词"。

克雷吉不仅有英俊的外表,还有最高人气的校园专栏,因此不论是家长和不明真相的同学,都认为克雷吉是个品学兼优的好孩子。克雷吉是校园的风云人物,借助高人气和高关注,他的影响力和号召力都不容小觑。

自从在图书馆里见识了克雷吉的真面目后,冯千阳就不愿意多看一眼克雷吉的专栏,甚至向孔庭恩申请,不再为克雷吉的稿件校对,理由是她有精神洁癖,眼里容不下克雷吉这颗大毒瘤。

孔庭恩感受到冯千阳心里有某种执念,这种执念更像一个心结,一时半刻化解不开,也正因如此,才使冯千阳在遇事时会极端

地抵触，像只小刺猬。

相识以来，孔庭恩对冯千阳有了更深的了解，他知道她是个勉强不得的女孩，他总感觉冯千阳心里装有一种防御系统，这种防御系统让她对某种人某种事深恶痛绝，所以他没有勉强冯千阳，反正在过去，校对工作一直都是他一个人在做。

这天回到麦高芬，冯千阳敏锐地察觉到周遭的气氛不一样了，这种氛围冯千阳似曾相识。曾经，冯爸爸出事那天，班级里就是这种气氛，有一种风雨欲来的感觉。

冯千阳忐忑了一天，所幸并未有大事发生，没有人议论她，也没有人多看她一眼。下课铃响起时，冯千阳暗松了一口气。

恰是周一，冯千阳一下课便赶往413教室。上楼时，她听到洗手间传来刺耳的尖笑声。

冯千阳停下步伐，皱着眉朝洗手间的方向瞥一眼，那阵歇斯底里的笑声再次响起，她没有听错。

不一会儿，笑声又起，疯狂而尖锐，让人觉得不安。

"准没好事！"

冯千阳嘀咕了一句，眉头锁得更紧，从楼梯上下来，小心地向洗手间靠近。越是接近，让人不寒而栗的尖笑声越刺耳。

身为一名校园小记者，冯千阳知道洗手间里面一定有值得报道的事件发生。她加快脚步推门而入。

女洗手间里围满了人，更荒唐的是，竟然还有男同学！这些人围聚在某个厕格门前。厕格的门是朝内开启的，那些学生齐齐伸手拉住门，里头的人拼命拉门，实在无法拉开，便放弃挣扎。

冯千阳完全可以想象得到里面的人有多无助，这么多人联手戏弄一个人！大概是因为教师办公室在更高的楼层，而洗手间的大门又紧闭着，这些人才敢这般肆无忌惮。

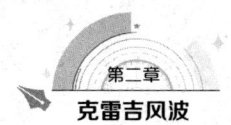

第二章
克雷吉风波

好几个男生踩上隔壁厕格的马桶,探头朝中间厕格张望,不停地叫嚣:

"朱迪,你应该不会介意有观众!"

"朱迪,你大概是像你的妈妈?我可是看了新闻的,她是个性感的浪女啊!"

"朱迪,你怎么哭了?如果换成你妈妈,她肯定不会哭,她会很享受被人关注吧?"

围观的女生笑声不迭,幸灾乐祸,反正这些羞辱现在还落不到她们头上。

里面传来朱迪带着愤怒的哭腔:"你们都走开!"

朱迪再没有发出任何声响,没有哭声也没有骂声,连一声哀叹都没有,好像她压根不在里头,而作恶的人认为这是受害人示弱的表现,发出嚣张的笑声。

只有冯千阳知道,这种抗争中的沉默所蕴含的力量。面对有心挑事的人,即便怒骂也无济于事。朱迪不过是看出这些人的恶劣,不屑浪费唇舌,便沉默以待。

这种时候,不求饶不低头,就足以证明勇气可嘉。

冯千阳一直悄悄站在一旁,拳头越攥越紧,朱迪今天所遭遇的一切,冯千阳感同身受,四周充斥的笑声就像咆哮,刺激着她的神经,将历历往事吼上心头,她气愤不已!

冯千阳愤愤然走出洗手间:她很有自知之明,那些学生才不会听她的规劝,她也不会浪费唇舌,但她不打算袖手旁观。

孔庭恩正巧从楼上下来,与冯千阳打了个照面,他的身后,紧跟着新闻小组全员。

"里头怎么回事?听说有状况?"孔庭恩问。

冯千阳绷着脸警告:"不要进去,我不想伤及无辜。"

孔庭恩没有听懂，也不打算理会，此时他只有一个念头，抓住新闻，而他身后的组员比他更兴奋积极，不顾一切冲进三楼的女洗手间。

冯千阳没有加以阻拦，从容不迫大步上前，打开教学楼的消火栓箱，从里头取出消防水带，将水带一头接到消防栓接口上，另一头接上消防水枪，然后镇定地打开消防栓阀门，抱着水带直奔洗手间！

洗手间里多了新闻小组的组员，显得更拥挤了。冯千阳腾不出双手，便用脚轻踹开门，宛如扛着冲锋枪似的，将水带瞄准那些闹事的人，疯狂扫射。

水流喷薄而出，女生们毫无防备，顿时被冲得浑身湿透，不论她们如何尖叫咒骂，冯千阳都镇定自若，毫不手软。

因为忌惮冯千阳有"武装"，那些女生不敢逞强，撒腿逃出洗手间。

冯千阳走向朱迪所在的厕格，背靠着门，这才发现新闻小组的人正目瞪口呆地看着她，冯千阳耸耸肩："我早就警告过你们。"

然后继续朝那些男生"发射"，一个男生不甘示弱，上前就要对冯千阳出手。孔庭恩毫不犹豫地冲上去，挡在了冯千阳面前，同时他也被喷成了落汤鸡。

那男生耀武扬威地叫嚣："不怕挨揍你就尽管拦着，我今天要好好教训那个女孩！"

孔庭恩一手推开对方："那你恐怕得先推倒我！"

男生说着就要动手，克雷吉及时冲上前，埋怨地瞪了冯千阳一眼，试图将孔庭恩拉开："我们的责任就是抓住新闻，现在新闻正发生着呢，你旁观就行了，没必要为新闻主角——为一个不相干的人挨拳头。"

第二章 克雷吉风波

孔庭恩一动不动,紧盯着那男生。

那男生忽然笑了,指指冯千阳,问孔庭恩:"你是她什么人?"

孔庭恩镇定自若地说:"我是她的英雄!"

"……"

冯千阳不由得脸色一红。

男生不屑地撇撇嘴:"英雄?那我今天就要让你知道,不是谁都能当英雄的!"

冯千阳一把将孔庭恩拉到身后,用水带瞄准那男生的面部,水柱的冲击力使那男生面部发麻,别说出手,就连向前一步都困难。

男生未能接近冯千阳一步,越挨近她,面部便越疼痛,他只得认栽,扭头离开了洗手间,剩下的男生早已无心恋战,匆匆逃开。

洗手间好不容易恢复了秩序,整个世界霎时间安静了。

冯千阳跑去关掉阀门,水流总算止住。她放好水带,回头跑进洗手间,本是想宽慰朱迪几句,却发现克雷吉正贴着厕格门,朝里头的人招呼:"朱迪?我是克雷吉,我想采访你。"

里头的人听到克雷吉的名字,似乎受到了极大刺激,良久的沉默瞬间被打破了。朱迪火冒三丈地从厕格里走出来。

她是一个身材高挑的女生,皮肤白如凝脂,有一头红发和一双不逊色于克雷吉的水晶般的蓝眼睛。

克雷吉厌恶地别转脸,朱迪满不在乎,瞪着克雷吉:"你就是那个报道我妈妈的浑蛋?"

她伸手揪住克雷吉的衣领:"我妈妈的事关你什么事?你根本不了解我妈妈,你为什么要在校内网上发布那些新闻?那根本不是事实!"

克雷吉不怒反笑,扬扬自得:"到底是不是事实,不是你说

了算,反正你父母是离婚了。而你爸爸之所以拍拍屁股走人,是因为你妈妈的卧室里有过访客,那是个男人,那是你妈妈的上司不是吗?你知道不,我到过你妈妈的公司,前台的凯莉小姐可没有否认我的猜想。她告诉过我,你妈妈的上司确实很欣赏你妈妈。"

"那不是真的!不是真的!绝对不是真的!"朱迪彻底崩溃,跌坐在地上无声地痛哭。

克雷吉犹如屠夫看着待宰的羔羊,寻思着要从羔羊身上割下哪块肉来满足他的虚荣心。

他缓缓在朱迪面前蹲下,笑着揶揄:"你说我报道的不是事实,那你爸为什么会和你妈离婚?难道是你爸在这个金色的秋天与一个喜欢在树下看书的女人坠入爱河,无法自拔,所以下定决心离开一个用心经营了十六年的家?"

朱迪紧捂住双耳,克雷吉抓住她的手腕,强迫对方听他的恶俗语言。

冯千阳忍无可忍,面露厉色:"放开她,克雷吉!"

克雷吉毫不理会,凑到朱迪耳边,挑衅说:"我有办法把你变成你妈妈那样的角色,只要我把你写到报道里!"

冯千阳气不打一处来,气势汹汹地打算把他逼出洗手间。

克雷吉试图反抗,刚要对冯千阳出手,孔庭恩及时上前,揪住他的衣领,协助冯千阳将他推出女洗手间。

克雷吉恨恨地瞪他:"孔庭恩,你知道自己在做什么吗?我才是你朋友!"

"是我朋友也不能欺负女孩子!她和朱迪都不行!"

"我只是报道新闻而已!"

"报道新闻和胡说八道是两码事,如果你管不住自己的嘴巴和笔头,为什么不能好好待在一边等着被雷劈?"

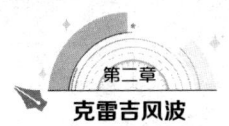

第二章 克雷吉风波

"你们轻点儿,你弄疼我了!"克雷吉感到头皮发麻,他生怕孔庭恩和冯千阳伤着自己,只得顺着他们的脚步走出女洗手间。

冯千阳扭头看着其他组员:"你们是打算留下来安慰她,还是等着我把你们一个个变成克雷吉扔出女洗手间?"

"不……"

见识过冯千阳的爆发力之后,新闻小组的组员再也不敢轻视她,忙不迭地跟着克雷吉冲出女洗手间。

除了一个人。

孔庭恩协助冯千阳赶走克雷吉后,上前在朱迪面前蹲下,满脸歉意道:"我是新闻小组的组长,关于你妈妈的新闻,确实是我的失职造成的,我已经及时删除了,但还是被不少同学读到了,我郑重向你道歉。"

"道歉?嗬!"冯千阳冷声质问,"克雷吉的新闻稿难道不是经过你审核才通过的?"

冯千阳不屑与孔庭恩周旋,在她眼里,孔庭恩和克雷吉都是一丘之貉,不管他对她说什么,她一个字都不会信。

她扶起朱迪,与她一同离开。

孔庭恩默默目送,冯千阳不过是先行离开而已,他怎么会有种自己被撇下的感觉?

蓦地想起这是女洗手间,孔庭恩不敢久留,马上离开。看见冯千阳挽着朱迪走进某间教室,孔庭恩忍不住跟了上去。

他为今天的事感到懊恼和愧疚,觉得自己亏欠了朱迪。

「第三章」干一杯"令人愉悦"

那是劫难和痛楚带给冯千阳的馈赠,让她在往后的日子里,一旦遇到危险和攻击,便本能地变得尖锐犀利。现在的她极具攻击力,那是她自我保护的一种方式。

1

早过了放学时间,整个校园显得空荡荡的。

冯千阳挽着朱迪在靠窗的座位坐下,从背包里拿出纸巾,替朱迪擦拭身上的污垢。

"谢谢。"朱迪趴在桌上,无声地哭泣着。

冯千阳巴不得对方痛痛快快地哭出来,这种时候,沉默才是最好的安慰。

"我妈妈……有忧郁症。"朱迪抽噎着,断断续续地倾诉,"如果她看到克雷吉写的新闻,不知会有多难受……我和我的家人……又不是好莱坞明星,凭什么要被记者挖隐私。是,我妈妈……确实和她的上司来往频繁,但那是在我爸爸离开之后。她好不容易才鼓起勇气,重新试着接纳别人……"

"我明白你的感受。"冯千阳不由得想起了父亲,心情越发沉重。

朱迪摇摇头:"不,你不明白的,抑郁症……"

"我明白,我爸爸也有抑郁症。"冯千阳苦涩一笑,"为了让我放心,他不得不每天假装快乐,所以我一回家就把自己关在房里,我怕他假装得久了,会累。"

冯千阳追忆起往昔。

妈妈曾在医院对她说过,他们都会好好的。但事情并没有好好的,他们也没有好好的,有一瞬间,冯千阳甚至觉得,这个世界再也不会好了。

冯千阳没有告诉家人,自己在学校里所遭遇的冷眼和对待,她恳求妈妈让她在家里待几天,理由是她想多陪陪爸爸。

就这样,冯千阳向学校请了三天假。

在这三天里,冯千阳的人生天翻地覆:爸爸被拘留了,他被指控剽窃医药研发报告,而这种药物在临床试验时,有志愿者不

幸身亡。

各媒体针对这件事进行了报道，措辞夸张，极具煽动性，使得社会公众同仇敌忾，人人对冯爸爸恨之入骨。

冯千阳见不到爸爸的面，便把自己关在房间里，整日整夜不停地写信，她想，只要有机会见到爸爸，就把每一封厚厚的信交给他。她要让爸爸知道，他不孤独，不管发生了什么事，她都会无条件信任他，他永远是自己最敬佩的人。

整整三天，网络上对于冯爸爸的谩骂从未停歇，冯千阳一家的隐私被记者发布到网上，他们的照片、住址和联系方式无一遗漏，冯妈妈每天都会接到无数骚扰电话。

甚至有记者假装成外卖小哥，按响冯千阳家里的门铃，而小区外，埋伏的狗仔队就更多了，闹事的死者家属甚至扬言要在冯千阳家门口烧纸钱，以抚慰亡人在天之灵。

那些日子别说上学，冯千阳连家门都不敢出。QQ（一款即时通讯软件）上，同学将她拉黑；微博上，朋友将她取关。

满世界的恶意就像龙卷风一样向冯千阳疯狂扫荡，冯千阳处于崩溃边缘，可一想到爸爸的处境，顾虑到妈妈的担忧，她知道自己不能倒下，不能在这时候给父母添麻烦。

事假结束，冯千阳硬着头皮回校，她知道自己将会面对什么，经过这些天身处炼狱般的日子，她的心脏强大了不少，不论是冷眼还是恶言，她都能做到若无其事，泰然自若。

果然，一走进教室，冯千阳便感受到四周投来的异样目光，她眼观鼻鼻观心，默默走到自己的座位上，拿出课本预习。

她不再奢望任何人的谅解和信任。

一整天，冯千阳未曾与任何人交谈，而同学似乎也有意孤立她，谁都没去理会她，上体育课时，因为没人愿意同她一组，冯千阳不

屑求人,便借故身子不适,回到教室休息。

体育课结束后,其他同学从操场回来,谁都没有多看冯千阳一眼,仿佛在这空间里她压根儿不存在。

一名女生忽然尖叫:"我新买的发夹不见了!因为怕体育课掉了,我才留在教室里的。"

其他人安慰:"你找清楚一点儿。"

"你是不是忘了把它放在哪儿啦,书包翻过了吗?"

"翻过了!哪儿也没有!"

女生急得直跳脚,冲到冯千阳面前质问道:"你交出来吧!"

冯千阳缓慢抬头,皱了皱眉:"交什么?"

"你别装傻了,是你偷了我的发夹吧?"

"我没偷。"

"一定是你,除了你不可能有别人!"

女生擅自把手伸进冯千阳的书包,将里头的书一本本抽出,发泄似的扔到地上。

冯千阳一把将女生推开:"你凭什么翻我的书包?"

女生呵呵一笑:"我要找回我的发夹。"

"找发夹你应该翻自己的书包,如果你怀疑是我偷了你的东西,大可以去找班主任来检查,在她到来之前,你最好别再碰我和我的私人物品,否则,别怪我以牙还牙,对你不客气!"

"你好厉害啊!"女生咬牙切齿,"上体育课的时候,只有你一个人留在教室里,不是你偷的还能是谁?"

冯千阳不怒反笑:"那只能证明,你那个五毛钱三个的发夹,很有可能在上体育课之前就丢失了,这是其一。其二,如果我真的偷了你的发夹,难道不会给自己制造不在场证明?我还敢坐在这里等你来指控我?其三,客观地说,我不能完全排除偷发夹的嫌疑,

但你的指控未免太过草率,如果因为我坐在教室我就成了小偷,那你待在室外不就成了暴露狂?"

女生被揶揄得满脸通红。

班主任终于在万众期待中出来主持公道了,她从走廊进入教室,看了眼散落在冯千阳座位四周的课本,询问在座的学生到底发生了什么事。

大家异口同声地指向冯千阳,声称是她偷了发夹。

冯千阳腰板挺得笔直,不卑不亢:"老师,我没偷。"

班主任点点头,语气温和地问:"我要检查一下你的书包,你愿意配合吗?"

"愿意。"冯千阳配合地将书包抱上讲台。

班主任仔细翻查,一无所获,笑着把书包还回去,面向全班说:"好了,什么也没有。"

冯千阳拍拍桌面:"老师,你要不要再看看我的抽屉?"

班主任颔首,走到冯千阳的座位上,仔细查看她的抽屉:"检查完了,还是没有看到什么发夹。"

冯千阳把口袋往外翻,证明自己身上并没有藏有赃物。

班主任心领神会,轻轻拍拍冯千阳的头:"你已经证明自己是清白的了。"

女生急了:"老师,可我的发夹真的丢了。"

老师说:"真的丢了也不能说是冯千阳偷的,你确定自己已经仔细地找过了吗?"

"是!"女生斩钉截铁地回答。

冯千阳撇撇嘴,鄙夷地看了女生一眼:"你翻过自己的口袋了吗?"

女生不情不愿地把手伸进校裤口袋里,忽而面色一僵,这微妙

的表情没有逃过冯千阳的双眼。

冯千阳摊了摊手,对女生说:"怎么样,找到了?这下尴尬了吧?"

女生一言不发,脸颊通红,双手揣在裤袋里,就是不敢掏出来。

冯千阳也不愿让对方难堪,摆了摆手,打算就此作罢。

岂料女生恼羞成怒:"你爸爸就是个偷东西的,你家里的基因不好,天知道你会不会继承你爸的坏毛病!"

岂有此理!冯千阳忍无可忍,无须再忍!

冯千阳猛地一扭头,杀气腾腾地瞪着女生:"我爸并没有偷东西,就算我爸真偷了东西,那也不是我的错,如果你家是做厨具销售的,你妈每天都在卖刀,难道这就证明你妈和你都喜欢杀人?"

"你……你不讲道理!"女生羞愧难当,愤然离去。

"你给我站住!"冯千阳毫不顾忌班主任在场,冷冰冰地命令,"把地上的课本捡起来,这是你扔的,你理应善后,道歉就不用了,我相信你没有这样的教养。"

"你……"

班主任及时劝阻:"好了,所有误会到此结束,你们各退一步。"

"我退很多步了,老师。"冯千阳态度坚决,"言语上的攻击我可以不计较,但是地上的课本,她必须一本一本给我捡起来,我要让她明白,攻击一个无辜的人是要承担责任的,不然她以后会越发肆无忌惮。"

"刘同学,地上的书,是你扔的?"班主任问。

女生点点头。

班主任投去一个责备的眼神:"那你应当捡起来,不论遇到什么事,都不该这样对待他人,更何况冯千阳是你的同班同学。"

女生自知理亏,没再说话,不情不愿地蹲下身,乖乖地把地上

的课本捡了起来。

听完冯千阳的故事，朱迪止住了哭，呆呆地看着冯千阳。

一滴泪珠挂在眼角，将落未落，仿佛连它也震惊于冯千阳的遭遇。

冯千阳抬手拭了拭朱迪的眼角，笑问："怎么样？我们的经历虽然不完全一样，但也有相似之处，不是吗？"

朱迪点头。

冯千阳看着她的蓝眼睛，语气柔缓地说："尽管在今天之前我们还不认识，但我就是想要保护你，大概是因为我想保护曾经的自己。曾经，我也经历过类似的事，当时没有一个人为我挺身而出，但是你比我幸运，因为你有我。"

朱迪破涕为笑。

冯千阳接着说："如果你实在担心你妈妈，那就早点儿回去陪她，我相信有你陪伴在身边，她很快就会好起来！"

朱迪半信半疑，若有所思地问："可是，如果她读到了克雷吉的报道……"

"那也没关系。"冯千阳宽慰道，"你只需要告诉她，不论克雷吉写了什么，你一个字都不信，你会永远在她身边支持她。我相信，只要你肯相信她，不论外界怎么打击她，都不会真正影响到她，对她来说，没有什么比你的支持和信任更有力量了。"

"是吗？你爸爸也是这样吗？只要你相信他、支持他，他就不伤心了吗？"

冯千阳迟疑了下，轻轻点了点头："是。"

她撒了谎，但那是善意的，假如有天朱迪发现了真相，大概不

会责怪她。

此时此刻,她又怎么开得了口,实事求是地告诉朱迪,即便她无限支持她妈妈,她妈妈也不见得会好起来,忧郁症还得寻求正规的治疗才行。

二人只顾交心,并未发现教室外面偷听的人已悄然离开。

孔庭恩终于明白,冯千阳的执念和偏激,都源自过去。冯千阳一家,都受到过公众和舆论的伤害。

难怪从一开始,孔庭恩就感觉到冯千阳身上有某种与年纪不符的沧桑,现在他找到答案了。

那是劫难和痛楚带给冯千阳的馈赠,让她在往后的日子里,一旦遇到危险和攻击,便本能地变得尖锐犀利,现在的她极具攻击力,那是她自我保护的一种方式。

孔庭恩无法指责她,即便这种自我保护的方式有可能会伤害到别人。

他对这个女孩气恼极了,也担忧极了,但他再也无法讨厌她。

在知道她的过去后,他又怎么能残忍地要求她对这个世界温柔以待?毕竟,这个世界曾经辜负过她。

一整晚,孔庭恩都刷着脸书和推特,反复看着冯千阳发出的每条信息,不知道出于什么心态,他就是想恶补她的过去、她的喜好、她曾经的快乐与哀愁、她以前写过的每一篇新闻稿件,他反复阅读那些稿件,仿佛能从她的每个字里感受到她的心情。

难怪她对掌声和关注不在乎,在经历过横祸之后,她唯一看重的大概只有她的家人。

难怪她总是一个人,她不再允许任何人打着"朋友"或是"同学"的幌子来伤害她。

冯千阳对朱迪倾诉的那番话,言犹在耳,孔庭恩控制不住地一

第三章 干一杯"令人愉悦"

遍遍回想那些话，辗转难眠。

而这一晚，冯千阳同样彻夜未眠。

不论是曾经，她的同学对她的孤立和恶言，还是今天，那些学生对朱迪的攻击和伤害，都让她无比痛恨。曾经她是受害者，现在又多了一个朱迪，而明天、后天，将会有更多的人受到伤害。

冯千阳认为自己必须发声，为了青春与和平。

当晚，冯千阳写了一篇文章，发上了脸书和推特，标题为——《如果你的新闻是捏造的，那么你就是耻辱的》

冯千阳用克雷吉的名字创建了一个新话题，在发布文章时带上了。

文章里，冯千阳详细地叙述了今天下午麦高芬中学女洗手间里所发生的一切，以及克雷吉对朱迪发出的威胁和挑衅。

冯千阳指责克雷吉身为校园记者罔顾职业道德，一是滥用公权力，多次以曝光同学家庭隐私为手段，为自己谋取利益。譬如在图书馆里，他曾逼迫同学为他让座；二是缺乏道德观，毫无社会责任感，以揭他人的伤疤为笑料，罔顾他人感受，夸大其词发布到网上，给同学以及同学的家属造成困扰；三是不知耻，对于自己所做的一切，克雷吉不认错也罢了，还以此为荣。

发布完文章时，天将破晓，冯千阳上床休息片刻，天一亮便出了门。

几乎彻夜未眠，冯千阳非但毫无倦意，精神还格外振奋，也许，是因为郁结和愤怒得到了畅快的抒发。

冯千阳在出门前留下了一张字条，告诉爸爸妈妈，今天她会去麦当劳吃早餐，不用为她准备早饭了。

她要一个人静一静，她在文章里那么毫无保留，措辞那么犀利，假如克雷吉的父母读到了，会不会跑到麦高芬中学找她算账？克雷

吉会不会找她麻烦?

这些,都是她需要做好心理准备的,但她已做好准备抗争到底。

在麦当劳买好早餐后,冯千阳找了个安静的位置,边吃边沉思。手机传来信息提示,冯千阳好奇地查看。

果然,昨晚熬夜写的那篇长文有了回复。

出乎意料的是,第一个对长文做出回应的人竟然是孔庭恩。

他用自己的推特账号和脸书账号转发了长文,然后又登录校园官方账号,转发并评论:

支持千阳小姐以文字维和。

他是真心的,还是见风使舵?

冯千阳看看时间,孔庭恩在她发文不到十五分钟就做出了回应,难道他也一夜无眠?

相识的这些天,孔庭恩对她向来轻视,他不认同她的处事方式,但偏偏在这时候,他为她挺身而出。

他究竟要干吗?

冯千阳放下手机,实在捉摸不透这个男孩。

吃完汉堡后,她捧着咖啡回到学校,在校门口遇见了孔庭恩。

孔庭恩面容略显憔悴,左顾右盼,分明在等人。

碍于昨天不欢而散,冯千阳为避免尴尬,决定假装没看见,飞快从他身边走过,尽量避免与他有眼神接触。

"冯千阳,你站住!"

孔庭恩横空一声吼。

冯千阳表情僵硬地回头,撞上孔庭恩直勾勾的眼神后,连忙躲闪着低下头,盯紧地面,恨不得用目光在地上穿个洞,好让她瞬间消失。

孔庭恩缓步上前:"冯千阳,你是我的组员,看到我不打声招

第三章 干一杯"令人愉悦"

呼就算了,还要假装看不到我?"

"我没有假装,我确实没看到你。"

"嘀,冯同学,我目光如炬,你那拙劣的演技骗不了我!"

冯千阳肩膀一垮,近距离看见孔庭恩后,发现他确实憔悴了很多:"组长,你昨晚没睡好?"

"我昨晚没睡。"

"为什么?"

"你说呢?昨天发生了那种事,你以为我良心不会痛?"

呵呵……

冯千阳嗤之以鼻:"孔组长,难为你还有良心。我还以为你的良心被热搜蹭掉了呢。我还有事,先回教室了,组长,回见。"

"等等,我有话要说。"孔庭恩冲到冯千阳面前,"关于朱迪妈妈的新闻,我确实做得不对,是我监管不严,放权太过,但这则新闻确实没有经过我的同意就发布了。"

"哦?这就有意思了。"冯千阳挑挑眉,半信半疑道,"你不会是要告诉我,克雷吉先斩后奏,未经同意就擅自发布新闻吧?"

"完全正确!他没有经过我的审核,就擅自利用平台发布,有学校社交账号密码的人不止我一个,他是新闻小组的副组长,偶尔我忙不过来,校园新闻便由他发布,但那篇报道在发布前,我确实没看过。这不是推卸责任,我知道自己有错,我会向朱迪和她的家人郑重道歉,至于你凌晨发的长文,我的行动已经证明了我的态度。"

孔庭恩一脸认真,仔细观察冯千阳的面部表情,容不得她错过他坦白的每一个字。

他的眼睛离她很近,仿佛她的眼睛住在了他的眼睛里。

冯千阳不自在地说:"你没必要对我解释。"

"有必要的。我不希望我的组员认为我是个浑蛋。"

"好,我知道了,你不是浑蛋,我回教室了。"冯千阳转身就走。

孔庭恩再次急切地追上去,把她拦了下来:"冯千阳,我的话……你究竟听进去多少?"

"都听进去了,英雄。"

"什么?"

孔庭恩再次拦下那个总是要走的人,瞪着眼睛不敢置信地问她:"你刚刚说什么?"

"你昨天下午说了什么,我刚刚就说了什么。"冯千阳忍不住笑了,再次迈步离开。

这一次,孔庭恩没再追上去。

她好像不生气了?

不,孔庭恩撇撇嘴,她生不生气,他才不紧张呢。

他今天要对她解释,是为了新闻小组的和平团结,以免她对组织怀有敌意。他是组长,他当然要有大局观,不能跟普通组员一般见识。

3

那篇极具批判性的文章得到了社会的关注和校方的重视,以克雷吉为名的话题空降热搜,克雷吉这下算是彻底出了名。

他被新闻小组开除了,他的家长也在舆论压力下公开道歉。

有过这次壮举之后,麦高芬中学的学生都称呼冯千阳为"头条少女",因为她不仅创建了一个热门话题,还直接将克雷吉送上了各大媒体的头条。

风波总算平息,冯千阳得到的关注和赞许多如浪潮。

她不能否认,近来她的心情格外好,因为她意外地收获了一个好朋友。

第三章
干一杯"令人愉悦"

午饭时间,冯千阳飞快地来到学校食堂,买了两听可乐。

朱迪坐在食堂靠窗的位置,室外的阳光穿过玻璃、人群和沸腾的喧闹声,把她温暖地包围着,她的红发显得更夺目,娇美的脸庞透着战后的疲态。

冯千阳拿着可乐,带着胜利的微笑朝朱迪奔去,朱迪看见她,嘴角也浮起了笑意,索性离开座位跑去迎接冯千阳,二人像是久别重逢的战友。

四周的目光朝二人投来,大家不禁多看了冯千阳两眼。

曾经她们以为她是软柿子,可她不仅为朱迪挺身而出,还发文批判克雷吉,揭露了面具下真正的他,最厉害的是连校长大人和市长大人都为她的文章点赞了!

仅仅几天时间,克雷吉曾经的人气和呼声,便全数转移到冯千阳身上。冯千阳对此毫不在意,拉着朱迪回到饭桌,拼命地晃动可乐。

朱迪皱皱眉,一头雾水地看着她:"你在干什么?"

"我在为你庆祝。"冯千阳故意卖起了关子,"你知道'coke'在中文里叫什么吗?叫'kele'。"

"那是什么意思?"朱迪充满好奇地眨眨眼。

冯千阳笑道:"是令人愉悦、快乐的意思。我们中国人,最擅长给事物冠上美丽的名字。"

"是吗?那我的英文名用中文怎么说?"朱迪问。

冯千阳想了想:"你的名字,用中文,叫'zhu di','zhu'就是胖乎乎、'哼哧哼哧'的那个小猪。"

"什么?为什么是猪?"朱迪佯装受伤。

冯千阳捏捏朱迪的脸蛋:"因为我想你变胖,朱迪。"

"那……克雷吉的中文名叫什么?"

"叫……"冯千阳放下可乐,挠头思索片刻,猛地一拍手,"叫

可累鸡！"

"可累鸡？"

"对！连鸡都受不了他啊！"

朱迪"扑哧"笑了。

身后，有人咳嗽两声。

冯千阳一回头，便看见克雷吉乌云密布的脸，他的身旁，孔庭恩也是满脸尴尬。

冯千阳镇定自若，朝二人挥挥手。

克雷吉浑身紧绷，表情僵硬，像一枚随时要爆炸的炸弹。孔庭恩试着拉走他，克雷吉不走，挑衅地对冯千阳说："你中文很好？"

冯千阳不屑回答他，拿起可乐继续摇晃，冷冷地说："我要开香槟了，如果你不怕湿身，就尽管站在这里吧！"

"香槟？"克雷吉瞥了眼冯千阳手里的可乐，讥讽地笑了笑。

话音未落，冯千阳便拉开易拉罐拉环，可乐经过猛烈摇晃，犹如喷泉，喷涌而出。

克雷吉及时反应过来，连忙倒退几步，不等他开口，冯千阳又拿起第二听可乐，克雷吉避之唯恐不及，急急走开。

孔庭恩有意放慢离开的脚步，在与冯千阳擦肩时，顺走了桌上的一听可乐，与冯千阳手上的那一听碰了碰："干杯。"

冯千阳撇撇嘴："你朋友都被我气走了，你还和我干杯？"

"他是我朋友，你是我组员，我不偏心的，时刻保持中立。"孔庭恩轻摇可乐罐，笑眯眯地，"谢谢你的'令人愉悦'，你真令人愉悦。"

明明只是一句无关紧要的话，冯千阳的心跳却不由自主地漏掉两拍。她看着孔庭恩离去的背影，越发猜不透他的心思。

他最近对她特别友好，这很可疑，这家伙是不是别有用心？

第三章
干一杯"令人愉悦"

放学后,冯千阳与朱迪约好在教学楼门前碰面,二人一起走出校门,上了公交车。

冯千阳拉着朱迪坐在靠近后车门的位置,二人立刻热络地交谈起来。朱迪忽而指指前方:"看,你的组长。"

冯千阳稍一抬眸,便看见孔庭恩朝她走来,不由得一怔。她每天下课都乘坐这辆公交车,但从没见过孔庭恩。冯千阳记得,孔庭恩住在西雅图东面,而她住在西雅图南面。

或许他今天有别的事,所以放学后不能马上回家。冯千阳朝他挥挥手,扭头继续和朱迪交谈。

朱迪好奇地扭头,追寻孔庭恩的身影,发现他就在她们身后的位置落座,回过头,压低嗓音煞有介事地对冯千阳说:"他坐在你身后。"

"那又怎样?"冯千阳翻白眼。

"后面还有很多空位呢,他为什么偏偏要坐你身后?"

"或者……是因为我让人很有安全感?所以他想靠近我一点儿。"

朱迪忍不住又用余光瞥了瞥身后的男孩:"你和他都是中国人,没有文化差异,交流起来特别容易,就算以后吵架了也不会影响国家关系。"

"朱迪,我和他都不是外交官。"

为了阻止朱迪浮想联翩,冯千阳话锋一转:"你妈妈近来好吗?希望克雷吉的新闻没有让她太烦心。"

"她本来是很烦心的,后来看了你的长文,她心里舒坦了很多。后来我又告诉她,就是你为我以一敌百,用消防水带击败敌人。我妈妈十分感动,现在你是她的小偶像,她可关注你了。"

"荣幸至极。"

公交车停下,冯千阳与好友互道"再见",然后下车往家的方向走去。

冯千阳住在南47大道,这一带都是住宅区,可爱的别墅在四处错落,冯千阳每次回家都会提前两站下车,她喜欢在这条路上散步。

美国是宠物大国,在这里宠物的地位很高,大多数人称呼宠物都以"he(他)"或"she(她)",从不用"it(它)",美国人认为宠物是家庭成员之一。

冯千阳经过一片空旷的草地,四周有白色栅栏围着,专供住户遛狗。她当然注意到,在她身后,孔庭恩也跟着下了车,而且已经默默地陪她走了一段。

这是巧合吗?

冯千阳在一栋深蓝色别墅前停住,冷不丁地回头,杀他一个措手不及:"孔组长,你这是要去哪儿?"

孔庭恩没想到她会突然杀个回马枪,忙刹住脚步,强自镇定地说:"我要去我要去的地方。"

"你要去哪里?"冯千阳追问道。

孔庭恩实在拉不下脸向她承认,自己是在尾随她:"我要去哪儿是我自己的事,冯同学,你不要管得太多。"

"那就好,我还以为你跟踪我呢。"冯千阳退到一侧,给他让路,"为了证明你的清白,组长,你先走。"

"我先走就我先走,谁怕谁?"孔庭恩挺直腰,雄赳赳气昂昂地往前走着。

冯千阳站在原地,饶有兴趣地看着他,一副"我看你能走多远"的表情。

果然,没走几步,孔庭恩便停下来,回头与冯千阳对视一眼。

第三章 干一杯"令人愉悦"

冯千阳脑袋一歪:"怎么?找不到路了?"

他果然是在跟踪她!

冯千阳面色一沉,用严厉的目光催促对方自首。

孔庭恩硬着头皮道:"我想确认一下,你是不是也走这个方向,如果是,我邀请你与我同行。"

"如果我拒绝你的邀请呢?"

"我想不出你有什么理由拒绝一个绅士的邀请。"

"……"

彼时,深蓝色别墅的门开了,冯爸爸从里头走出来,久违地露出了笑容,招呼道:"千阳,怎么不请朋友进来坐坐?我看你们在外头僵持了好一阵子了,我怕我再不出来,你们就要变成化石了。"

冯千阳尴尬地挠挠头:"爸爸,我们并没有在僵持。"

"那你们在做什么?大眼瞪小眼?"

爸爸一直躲在窗帘后偷看吗?冯千阳郁闷地看着他。

孔庭恩大方上前招呼:"叔叔您好,我和冯千阳……只是在利用行为艺术来探讨哲学问题。"

"什么样的哲学问题?"

"呃……"孔庭恩处变不惊,"我们在探讨,前方茫茫未知路,是该结伴同行,还是孤独远去。"

"有结果了吗?"

"有。"冯千阳抢先开口,"结果是,鸟倦还巢,我到家了,前方再多金山银山,我也不去。"

说着,冯千阳闪身进屋。

冯爸爸扶着门热情招呼:"同学,你要进来坐一坐吗?我准备了很多可乐和鸡翅,足够你和千阳享用的了。"

"那我必须要进去坐坐了。"孔庭恩笑着说,快步走了进去,在冯爸爸的招呼下走进餐厅,在冯千阳对面坐下。

他喝了一口可乐,想起了中午在校园饭堂的事,笑着说:"又喝到了'令人愉悦'。"

冯爸爸皱皱眉:"你说什么?"

冯千阳在桌底下踢了他一脚,朝他瞪瞪眼,扭头对爸爸说:"他说爸爸做的鸡翅很好吃,令人愉悦。"

"不,我是说这个。"孔庭恩举了举可乐,挑衅似的朝冯千阳眨眨眼,"干一杯'令人愉悦'。"

冯爸爸认定这是少男少女之间的秘密,这不,居然在他面前打暗语呢!可惜他极少听冯千阳谈起学校的事,前阵子她看起来十分苦恼,每次问起她在校园怎么样了,她都只是敷衍地说"一切都好"。

刚才看见窗外的冯千阳身后跟着一个亚裔男孩,冯爸爸担心她会有事,便在窗帘后默默观望了一阵,为了听清二人的谈话,还暗中开了窗,这才发现二人在用中文交谈,于是确定孔庭恩是中国人。

他们交谈的方式颇有点儿针尖对麦芒的意思,冯爸爸便打算趁这个机会,向孔庭恩打听冯千阳在学校的情况。

在孔庭恩做过简短的自我介绍后,冯爸爸问:"你和千阳不是同一个年级,那是怎么认识的?"

"叔叔,我是新闻小组的组长,冯千阳是我的组员。"

冯爸爸喝着咖啡,略感意外:"原来她是校园小记者?"

"是,您竟然不知道?"孔庭恩略感意外,"她这阵子可红了,难道叔叔您不玩脸书和推特?"

冯爸爸默然摇摇头。孔庭恩只当冯爸爸移民美国不久,更习惯

使用微博和朋友圈，所以才不常使用西方国家常用的社交平台。

他将冯千阳面试当天的情况告诉了冯爸爸，又将克雷吉风波和盘托出。冯爸爸听得津津有味，总算知道冯千阳前阵子为什么不开心了，猛地松口气："那就好，我还以为她受欺负了。每次问她，她总说没事。"

"她怎么会受欺负呢？"孔庭恩瞥了瞥对面的冯千阳，"她伶牙俐齿，奇招百出，从未在真正的战斗上吃过亏。如果哪天她受欺负了，那一定是她心慈手软让着对方。"

冯爸爸听后，露出了欣慰而自豪的笑容，冯千阳有一瞬间失了神，她好久没见过爸爸这般开怀，孔庭恩还真有两下子，他和爸爸又不熟，却轻易地打开了他的话匣子。

孔庭恩和冯爸爸就像一对忘年交，二人聊得很起劲。

冯千阳忍不住多看了孔庭恩两眼，此刻的他像个小大人，明明只比自己年长一岁，为什么这般稳重健谈？以至于爸爸那么喜欢他！晚餐结束，孔庭恩起身告辞，冯爸爸特地要冯千阳送他出门，陪他等车。

二人略显局促地站在站牌下，为了缓解尴尬，冯千阳索性将目光投向天边，西雅图的黄昏很美，落霞在天边开出一片紫红。

车来了，冯千阳松了口气，向孔庭恩道别。

孔庭恩却立在原地，一副恋恋不舍的样子。

司机友善地问："要上车吗？"

孔庭恩摇摇头，目送公交车离去后，回头朝冯千阳笑了笑。

冯千阳气结："你还不走？这都什么时候了？"

孔庭恩不慌不忙道："下一趟车在二十分钟之后，我等那一趟。你再陪我等一等。"

"你为什么要坐下一趟车？"

"因为想让你多陪我一会儿,我就这么走了,太便宜你了。"

"……"

冯千阳下意识地扭头瞥了瞥家门,确定爸爸没有躲在窗后看戏,才回头:"孔组长,你和我爸爸很聊得来,以前我不知道你这么会聊天。"

"不会聊天怎么当记者?"孔庭恩得意地笑了,"现在我可以大方承认:今天放学,我确实是在跟踪你!"

冯千阳侧目:"没想到你还有这种癖好,你是跟踪狂?"

"你可以这么认为,至少,我是你的跟踪狂!"

"……"

"克雷吉刚刚被开除出新闻小组,中午吃饭你又打趣他,他和你有文化差异,不一定能听懂你的幽默,而且他对你怀恨在心,我担心……"

"你担心他伤害我?"冯千阳咋舌。

孔庭恩格外认真地点点头:"克雷吉向来不是宽宏大量的人,现在他憋着一腔怨气,正愁无处发泄,而你,偏要往枪口上撞。"

孔庭恩用手戳了戳冯千阳的额头:"所以,这阵子我会天天送你回家,等他情绪缓和了,你就安全了。"

说不上为什么,冯千阳心里莫名有些感动,他的关心来得突然,而她从未对此有过期许。

他那么骄傲,竟也会放下身段,向她示好。

"组长,你确定,要每天送我回家?"

"非常确定,万一你出事了,我会自责。"

"你没必要自责,也没必要送我,确保我的安全不是你的责任。"

"这当然是我的责任,这是我犯错之后的后遗症,我撇不清的,你也别想跟我撇清。"

车又来了,门一开,孔庭恩便轻盈地跃上去,回头朝冯千阳笑道:"如果你觉得这会给我带来麻烦的话,以后每天请我吃下午茶,不仅要对我心怀感激,还要对我温柔一些,别光用一双大眼睛瞪我。"

不等冯千阳答话,车门就关上了,孔庭恩在车窗边坐下,朝冯千阳挥了挥手。

「第四章」午后的演讲

"只要游戏规则公平,我从来不害怕竞争。"

孔庭恩的话提醒了冯千阳，她思想前后，酝酿出一个好主意，假若成功，她就能摆脱孔庭恩的约束，到时候不但有了独当一面的机会，运气好的话还能当个小官，组建自己的团队。

很好，就这么定了！

放学后，冯千阳破天荒地没有和朱迪一同离开，与好友道别后，她鼓足勇气，上了教学楼六楼。教师办公室在这一层。

冯千阳叩叩门，得到允许后，轻轻推门走进去。

"琼斯老师。"

"千阳。"琼斯老师亲切地笑笑，"有什么事？你可是我办公室的稀客。"

冯千阳壮着胆子开口："琼斯老师，我有一个大胆的设想。我认为，公权力需要监督，以避免克雷吉的事重演。"

琼斯老师两眼放光："说说看，你认为应该怎么做？过去从没有人向我提议过这一点。"

"因为过去从没有出现过克雷吉这种极端的案例。"冯千阳分外淡定，俨然一个谈判桌上的高手，从容不迫道，"我认为新闻小组应该成立B组。原来的小组为A组，AB组之间相互监督。每个学期让学生投票选出优秀小组，这样可以让AB两组有竞争意识。至于B组组长人选，老师也不用费心，人人都有机会，大家竞选就是了，全校学生都可以参与投票。"

琼斯老师耐心听着，嘴角不由得浮起笑意："竞选？我好像嗅到了野心的味道。你会参加竞选吗？"

"为什么不呢？"冯千阳挺直腰，"尽管我加入新闻小组才一年，但我不比别人差，我有信心能成为一个好组长，因为我有自己的特色。据我所知，美国是一个多元化的国家，既然多元，就应该

允许我具备自己的特色。"

琼斯老师眨眨眼:"关于你的提议,我觉得很好,但你们的组长知道吗?"

冯千阳耸耸肩:"他不知道,我没和他商量。"

琼斯老师眨眨眼,朝办公室门口瞥了一眼:"我想,他现在知道了。他就在办公室外头,我的办公室好久没这么热闹了。"

冯千阳猛地一扭头,隔着办公室的玻璃门,看见孔庭恩脸色阴沉地看着她。

尽管冯千阳知道自己的提议是对的,分组确实能起到相互监督的作用,而竞选是为了给所有人提供一个公平晋升的机会,但内心深处,还是莫名其妙地升起一丝愧意,好像她是个欺师灭祖的叛徒似的。

孔庭恩没有叩门进入,他根本不愿意打断冯千阳和琼斯老师的谈话。

冯千阳也不再关注他,回过头去,自顾自地对琼斯老师说:"我不找组长商量,因为这不是他可以决定的事情。据我所知,麦高芬中学有史以来,一直只有一个新闻小组,这种革命性的改变,需要老师做主。琼斯老师,请慎重考虑我的建议。"

"一定。"琼斯老师笑道,"看来,你早已做好了竞选的准备?"

"只要游戏规则公平,我从来不害怕竞争。"冯千阳恭敬地欠了欠身,与琼斯老师道别,转身走了出去。

孔庭恩站在门口,背靠着墙,吊儿郎当地站着,一看见冯千阳,连忙站直,堵在她面前说:"枉我煞费苦心要当护花使者,某些人却一心想着要分家,这算不算以怨报德?"

"这叫公事公办。"冯千阳纠正道,"成立B组不是坏事,良

性竞争会带来刺激，让校园记者有质的飞跃。孔组长你应该也不希望再出现克雷吉式的闹剧吧？更何况，我只是建议老师给大家一个竞选的机会，至于谁会选上，那是未知数，不一定是我，我向来没有帅哥受欢迎。"

孔庭恩鼓鼓掌："难为你还这么谦虚，你正当红，如果真要竞选，你选上的概率最大，不过你说得对，概率大也不是绝对，世事无常嘛。我在意的是，我对你不好吗？担心你被人报复，天天送你回家，你却算计着要怎么摆脱我！我突然有点儿伤心，你说这该如何是好？"

冯千阳定睛打量孔庭恩，他看着可不伤心，反倒有些坐等看好戏的样子："孔组长，请注意你的措辞，这不叫算计，我这么做也不是为了摆脱你，是为了成长，就算有一天，我真的去了B组，也始终是新闻小组的组员，和你分工不分家。"

"好一句分工不分家。冯组员，你最好永远记住这句话。"

天边冷不丁响起一声惊雷，冯千阳猛地打了一个激灵，绕过孔庭恩加快脚步离开，头也不回地说："好像要下雨了，你带伞了吗！今天你歇工吧，别当护花使者了，更何况我也不是花。我到家了给你报平安。"

话音未落，冯千阳便小跑起来，她最好能赶在下雨前搭上公交车。

当然，前提是，公交车能来得及时。

或许是近来时运高，冯千阳刚跑到车站，公交车便闪着车灯，缓缓朝她驶来了。不巧，雨也偏偏在这时候滴滴答答地下起来。

冯千阳连忙上车，深感庆幸地吁了口气。

车门关上，冯千阳转身去找座位，不经意间瞥过车窗，发现外头有个熟悉的身影正朝公交车狂奔。

第四章
午后的演讲

冯千阳靠近车窗看一眼，果然是孔庭恩，他正极力试着追上这辆公交。雨点不大，"啪嗒啪嗒"地敲在他头顶，冯千阳甚至能想象到那湿润的触感。路旁的树随风招展，仿佛在向错过公交的人发出催赶的讯号。

孔庭恩没有停歇，脚步更急，仿佛那趟公交上有他不可错过的人。

冯千阳越发焦急，心里不停地对车外的人呐喊——别追了！

孔组长明显没听见她的心声，已经让他歇工一天了，怎么还这般执着？克雷吉要欺负她，也不会选在这么恶劣的天气，再说，他要是真敢对她动手，她分分钟可以报警。

"等一等！"冯千阳高声喊道，"还有人没上车！"

尽管公交车早已驶离车站，但司机闻言，还是靠边停了下来。

车门开了，冯千阳探出头，朝奔跑的人招了招手："孔组长，你真的很难缠！"

"我从不否认这一点。"孔庭恩湿漉漉地跳上车，朝公交司机笑了笑，"谢谢你。"

公交司机关上车门，也朝孔庭恩报之一笑："别谢我，谢那个女孩，是她让我停车的。"

孔庭恩扭头看冯千阳，冯千阳扭头往里走，无心欣赏他得意扬扬的笑脸。孔庭恩快步追上，却没有坐下，扶着手环站在过道上。

冯千阳拍拍身旁的空位："为什么不坐？"

孔庭恩摇摇头："我把座位坐湿了，别人还怎么坐，我站着就行。"

"你必须坐下。"冯千阳抓住他的手腕，直往座位上拽。孔庭恩没有挣脱，跌坐到冯千阳身旁。

冯千阳从背包里拿出纸巾，递给孔庭恩："给，自己擦一下。"

"谢谢。"孔庭恩接过纸巾,慢条斯理地擦拭衣服和脸颊。

冯千阳埋怨道:"我说了,到家会给你报平安,你又何必追来?"

孔庭恩一本正经道:"冯小姐,亏你还是校园小记者,你难道不知道,恶劣天气会增加犯罪率,歹徒会认为自己有机可乘吗?"

"……"

冯千阳忍住没翻白眼:"克雷吉怎么会这么努力,为了报复我,委屈自己在这种鬼天气出来惹事?"

"谁知道呢?"孔庭恩还是一本正经,用哲学家的口吻道,"千万别高估人性,也别低估人性。"

冯千阳彻底没了脾气,"扑哧"笑出声:"孔哲学,你对人性这么警惕,还能交到朋友吗?"

"你不是我的朋友吗?"

孔庭恩的语气听似玩笑,眼神却分外认真,冯千阳猝不及防,霎时噤声。

他和她是朋友吗?她从没想过这个问题,他和她好像没必要成为朋友,他和她更像是宿敌。

冯千阳那副深思熟虑的表情刺伤了孔庭恩,他掩饰不住失望:"这问题把你难倒了?我还以为这个问题的答案你可以不假思索脱口而出呢,你连骗人都不会?"

"我才不要骗你!"冯千阳回避地看向车窗,"你又不缺朋友。"

"谁说我不缺?"孔庭恩离她很近,她能清楚地听见他的声音,"我缺一千个太阳啊,有了一千个太阳,西雅图的冬天就不会冷了。"

"可是一千个太阳很热的。"

"那正好,可以天天吃雪糕了。"

"……"

冯千阳定睛看了看孔庭恩:"我是不是你朋友,对你来说很重要?"

"不重要,我是不是你的朋友又有什么关系?反正我是你的英雄。"

"……"

2

冯千阳的建议得到了麦高芬中学的支持,尤其是琼斯老师,有关竞选的正式公告不到一周便在校园官方网站正式发布,此后脸书和推特也更新了消息。

麦高芬中学是西雅图乃至整个华盛顿州拔尖的中学,如此盛大的校园活动,自然会引起外界关注。冯千阳是候选人之一,又曾因为发表过长文批判过克雷吉而获得广泛好评,她最有话题度,当然也最受大家关注。

冯千阳万万没想到,克雷吉竟也申请了竞选。琼斯老师以"非新闻小组组员"为由驳回他的申请,但他的一举一动免不了惹人好奇,他被公认为是冯千阳的死对头,因此大家也很在意他的动态。

自从风波过去,克雷吉心里一直憋着口怨气,现在又因无缘竞选,越发迁怒于冯千阳。他认为老师的驳回理由太过官方,真正的原因一定是冯千阳在老师面前说了他坏话。

于是他在推特和脸书上公开指责冯千阳拉拢同学和老师,剥夺了他竞选的资格。而关于他已被开除出新闻小组一事,克雷吉从未在任何社交平台提及。

尽管麦高芬中学的各个官方平台都已明确表明,克雷吉已不是

新闻小组成员,但总有偏听一面之词的人愿意支持克雷吉,指责冯千阳作弊。

克雷吉一直都在蓄谋报复冯千阳,有好几次,他约了朋友埋伏在她回家的路上打算恶整她,给她一次毕生难忘的教训。只是没想到孔庭恩每次都陪伴在她左右,克雷吉倒不是顾念旧交情,只是有孔庭恩在,到最后就会变成他与孔庭恩的打斗,实在太不划算。

竞选,给克雷吉提供了一个报复的良机。

冯千阳忙得不可开交,一方面,学业不能落下;另一方面,新闻小组又有工作要奔波。竞选在即,采访工作更要保证质量,她早已把克雷吉丢到九霄云外,而且从没意识到克雷吉会对自己如此怀恨在心。

这阵子放学回家又有孔庭恩和朱迪做伴,更是让她放松了警惕。

近来,校园里到处都贴满了宣传海报,校园里弥漫着一种重大节日特有的气氛。每个候选人都有自己的支持者,每个支持者都极力拥戴自己心中最看好的人选。他们出钱又出力,竞选日渐激烈。

每个候选人都有展现自己的演讲时间。冯千阳的演讲在明天中午,当晚睡前,她感到有些紧张,做梦都在背演讲稿。

第二天,冯千阳刚走进教室,连书包都来不及放下,朱迪便急匆匆从隔壁班跑来,拉着冯千阳心急如焚地往外跑。

"怎么了?"

"你去看看我们的宣传海报就知道了。"朱迪带冯千阳跑到公告墙前,那里早贴了满墙海报,为各个候选人宣传造势。

冯千阳老远就能看见,她的宣传海报上,被人用黑色马克笔画上了一个巨大的叉号,非常醒目刺眼。

她快步冲到公告墙前,盯着自己的海报研究了半天,企图从海

第四章 午后的演讲

报上简单粗暴的"×"号上找出犯罪的蛛丝马迹。

在海报右下角，冯千阳看到了一行小字：

你最好别出席演讲，否则你会后悔！

这句话是打印在白纸上，再剪下来贴到海报上的，因此判断不出罪犯的笔迹。

冯千阳拳头紧攥，扭头往教室跑去。

朱迪急匆匆在她身后追着，满脸忧色道："下午你还会演讲吗？"

"当然会，难道因为这样一个恶作剧，我就要放弃吗？我不会让那些人得逞的！"

"我知道，可是你要做好心理准备，我担心午后的演讲会有人闹事。"朱迪瞥了眼海报，"你认为谁会这么做？会是其他竞选者吗？我们要不要告诉琼斯老师？"

"当然要。"冯千阳紧紧拉住朱迪，"慎重起见，我当然要找老师备案，你是目击证人，你和我一起去见琼斯老师。"

二人刚到办公室门口，便遇到从里头出来的孔庭恩。

冯千阳霎时停住："孔组长？"

孔庭恩皱皱眉："你找琼斯老师？"

"是为了海报的事。"冯千阳直截了当地说，"怎么，你也知道了？我的海报出了点儿小状况！"

"我也是因为这事来的。"孔庭恩说，"我不喜欢有人破坏和谐的竞争环境，已经将你海报的事报告给琼斯老师了！"

冯千阳正犹豫着要不要进办公室，朱迪在一旁嘟嘟嘴，郁闷地说："你们俩能不能说英文？你们看得见我吗？你们究竟在说什么？我告诉你们，我决定去报个中文学习班！"

冯千阳忍不住笑了："抱歉，我一着急嘴里就一股儿脑地蹦出

母语，不过，多学一门语言对你来说不是坏事。"

琼斯老师听见外头言笑晏晏，好奇地从办公室里走出来，看见三个人聊得起劲，心里顿时松了口气，伸手拍拍冯千阳的肩膀，半是欣慰半是宽慰说："海报的事我听说了，我会查清楚究竟是谁干的，如果是候选人干的，我将会取消他的竞选资格，就算被选上了，成绩也算无效。"

"谢谢琼斯老师。"

"嗯，你安心演讲，不要被这种事影响心情。"

3

海报上的威胁，冯千阳并未上心，更何况琼斯老师已经开始"办案"了，冯千阳仅存的一丝顾虑也已打消。

她猜想，这事很有可能是某位激进候选人所采取的竞争手段而已，目的只是为了吓退她，让她缺席今天的演讲。当然，也有可能是克雷吉，可她无凭无据，不敢妄加揣测。

不论元凶究竟是谁，她绝不能为此而辜负自己的支持者，他们都在等着她呢！

上午的课程结束后，冯千阳马上前往会堂，演讲会在半个小时后开始，朱迪会帮她买好三明治和咖啡，等她演讲结束后吃。

正是午饭高峰期，大多学生都挤进食堂，校园的小路上反而人迹寥寥，安静不少。冯千阳独自走在校园路上，不远处，礼堂赭红色的三角顶在天幕下显得格外醒目。

冯千阳幻想着将来会有一天，自己会作为学生代表发表毕业演讲，爸爸妈妈都会为她自豪。

她沉溺于畅想中，忽而有人影从礼堂一侧的小树林里跃出，冯千阳仓皇地看了那人一眼，是一副陌生面孔，她不认得。她还没来

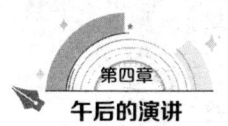

第四章 午后的演讲

得及呼出一声,又有两人冲出来,合力将她拖进小树林里。

冯千阳被按在地上,四肢被人牵制着,她挣扎了几下都没有挣脱开,一个高个子男生伸手掐住了她的脸。

"不要动,我们可不想对女孩子动手,但我们又不能放过你,你让我们的朋友很不高兴,我们要替他们出这口气!"

他们……

也就是说,要报复她的,不止一个人。

几个男生相视一笑,压低嗓门儿,不想惊动更多人。他们从口袋里取出马克笔,竟然开始在冯千阳脸上作画。

笔尖落在脸颊上,生出了几分痒意,冯千阳能嗅到马克笔传来的特有的气味,她试图尖叫,身体止不住地战栗。

几个男生用力捂住她的嘴,或许是她挣扎太过,有一瞬间她感觉大脑缺氧,快要晕过去了。冯千阳可不想就这死掉,只好忍辱负重放弃抵抗。那些男孩见她老实了不少,便松开手让她呼吸,他们同样不希望自己成为杀人犯。

但他们也不打算轻易放她走,便把她堵在角落里,肆无忌惮地嘲讽着她。

"哈哈哈,她的脸像我家的猫,我们要不要涂黑她半边脸?"

"当然不可以,她还要演讲的,你要她怎么见人?"其中一个男生低头欣赏着冯千阳脸上的涂鸦,揶揄道,"你是哪国人?要不要我在你脸上写上你的国籍,方便大家辨认?"

"我是中国人!"冯千阳含糊地说,如果那只掐住她的手能稍微放松一点儿,她觉得自己完全有能力把这句英文说好。

此刻,冯千阳极度愤怒。但愤怒也无济于事,她跑不掉,躲不过,打不赢,便只好暂时忍耐。

她只盼着这些坏男孩能尽快结束他们的恶作剧。他们想让她缺

席演讲，就算出席了也会出糗。不过，至少她的人身是安全的，想明白这一点，冯千阳淡定了许多。

她安静下来，仔细观察那几个男生，尽可能记住他们的容貌。美国的中学生都不穿校服，所以冯千阳无法确定他们是不是麦高芬中学的学生，她强迫自己镇定下来，仔细在回忆里搜寻这几副面孔，但一无所获。

"你们在干什么？"

孔庭恩的声音从远处传来，冯千阳紧绷的神经一下子放松了。她得救了，她好想哭！

那些男生一听见呵斥，扔下马克笔仓皇逃走。朝冯千阳迎面而来的，有风，有朱迪，有孔庭恩急促的脚步和他关切的眼神。

冯千阳从地上爬起，不愿让孔庭恩看见她的大花脸，忙背过身去。她的身子在微微抽搐，眼泪终究还是不争气地掉下来了。

"我已经看见了，别躲了。"孔庭恩贴近冯千阳，但并没有强迫她面对自己。他体贴地吩咐朱迪通知琼斯老师，这里交给他就可以。

朱迪迟疑了下，问："千阳，你还打算出席演讲吗？"

"我不会放弃！"冯千阳咬紧牙关说道。

朱迪无奈地叹息一声，转身向教学楼跑去。

孔庭恩注意到地上有歹徒留下的作案证据，便上前捡起马克笔，谨慎地放进口袋，然后看看表，用尽量轻松的语气问："怎么样？大花脸，待会儿你也打算背对观众席演讲？"

"当然不！"

"那你敢不敢转过来，让我心疼你三秒？"

"不太敢……我不要面子的吗……"冯千阳垂头丧气地说。

孔庭恩抓住冯千阳，强行将她的身子扳过来："这种时候还要

第四章 午后的演讲

什么面子？幸好我及时出现，不然那帮家伙说不定做出什么丧心病狂的事呢！"

"因为你根本没有及时出现，如果你真的及时出现了，我就不会被欺负得这么惨。"冯千阳委屈地抬起头。

孔庭恩不由得屏住呼吸，想转移视线吧，又太迟了，他怕自己的表情会刺伤那个骄傲女孩的自尊心，可是……

孔庭恩没忍住看了冯千阳一眼，"扑哧"笑出了声。

冯千阳不怒反笑："我很好笑吗？"

"呃，你现在……充满喜感。好吧，我承认这是我的错，是我来晚了。"孔庭恩抬手轻抚她的眼角，想替她抹掉一点儿尘埃，然后若无其事地掏出手机，"要是我想和你合影留念，你会不会觉得我很过分？"

"会！"冯千阳忙不迭地挡住手机摄像头，"想要合影改天吧！我要去演讲了！"

"真要去演讲？顶着这么一副大花脸？"

"对，就顶着这张大花脸，我可以把自己当成谐星。"冯千阳撒腿就跑。

孔庭恩看着她轻盈奔跑的身影，不由得扬起笑脸，好一个盛开不败的女孩呀！

演讲时间早到了，礼堂里挤满了人，因为有人放出风声，说这里将会有一场好戏上演，所以今天来捧场的学生特别多。

果然，冯千阳不负众望地走上舞台时，观众席顿时响起一阵爆笑声。对此，冯千阳早已有充分的心理准备。这要归功于孔庭恩，他刚刚逼着她与他对视，她连孔庭恩都勇敢面对了，还怕观众吗？

不对，难道观众席里人头攒动，在她心里还抵不过孔庭恩一个？在这一刻，冯千阳意识到，孔庭恩对她的意义似乎远比想

象中重要!

彼时,琼斯老师急匆匆地赶来,一看见冯千阳的脸,再听听不绝于耳的笑声,顿时面色铁青,朝观众席吼道:"安静!"

笑声顿时收敛不少,变成窃窃私语。

琼斯老师担心地看着冯千阳,生怕她会难过,正要开口宽慰两句,冯千阳心领神会,摆了摆手阻止她,继而淡定地拍拍手,吸引台下的人注意:"我当然知道,现在的我看起来像个宿醉三天的脱口秀演员,我想大家一定很想知道,我在到达这里之前发生了什么事。"

冯千阳的话果然起了作用,观众席瞬间安静下来,人人洗耳恭听。

"在我分享这段惊奇又有趣的经历之前,想咨询大家一下,有多少人在走进礼堂之前,就期待着看到我出糗?"

半数以上的观众都举起了手。

冯千阳淡定示意同学放下手,偏偏观众席里,有只手执着地不肯放下。冯千阳仔细一看,那只手的主人……竟是孔庭恩!

等等……他的脸?

冯千阳目瞪口呆,同学不禁顺着她的视线回头张望。

孔庭恩在人群中起立,俨然一个等待掌声和欢呼的王子,自信自如又自得——他原本洁净的脸上被人用马克笔涂乱了半边脸。观众席瞬间哄堂大笑。

孔庭恩镇定自若,掏出手机,对准焦距,确认自己和冯千阳都同时进入镜头后,按下了快门,与冯千阳隔空拍了张合照。

事成后,孔庭恩朝舞台上的冯千阳晃了晃手机,这才心满意足地坐下。

冯千阳站在舞台上,皱眉问孔庭恩:"你的脸怎么了?"

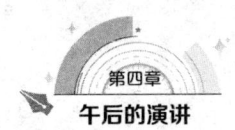

第四章
午后的演讲

"没什么,只是想分走你一半的笑声,所以特地在脸上给自己加了点儿戏。总之,你不孤独。"

最后四个字,孔庭恩是用中文说的。

冯千阳不由得脸一热,她不再为自己的遭遇感到难过,她挺起胸脯,面向观众席慢条斯理地说:"在我走进礼堂之前,有三个高大的男生突然袭击了我,他们将我按在地上,用马克笔将我的脸涂花。我越反抗,他们就越猖狂。当时我很怕,然后想起了朱迪。"

冯千阳停顿一下,看了眼观众席,满室的人都直勾勾地注视着她,出神地等她发言。

"曾经,朱迪被堵在女洗手间,被十几个人欺负,上一个受害者是她,这一次的受害者是我,那下一次,哦不,我不希望再有下一次,我不希望再有人面临这种局面,因为那感觉实在太糟糕了!如果我成为B组组长,我会更加关注这类事件,我会有效地让家长和校方保持联系畅通,让我们的父母协助校方保护我们,确保每一个人都不会成为受害者。至于我的脸,它不只是一个笑话,当它被一笔一笔涂花的时候,它留在我心上的,是一道一道的伤痕。今天的你们可能不懂,但当你们受到伤害时,就会想起我,也会想起朱迪,你们将会无比后悔,后悔自己没有站起来反抗!"

演讲结束,冯千阳走下舞台时,台下响起一片热烈的掌声。但她却来不及好好回味这掌声,此时此刻,她心里只想着一件事——得赶快把脸清洗干净了。否则,待会儿回家让爸爸看见,又该让他担心了!

「第五章」福尔摩"冯"

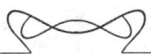

长大后就会明白，人们最难做到的就是放下，特别是在自己受到屈辱之后。所以，历史上才会有卧薪尝胆和破釜沉舟的故事。

试着释怀，也试着宽恕那些人吧。

1

演讲过后,冯千阳的人气空前高涨。人人都说B组组长非冯千阳莫属。

竞选结果宣布当天,冯千阳特地比平时提早二十分钟出门,一下公交车提腿就跑,恨不得背后能长双翅膀。

公告墙前围满了人,冯千阳越发焦虑,试着挤进去。其他同学一看是她,便默契地让出一条过道,让她得以顺利上前。

冯千阳仔细地读完公告,脸上顿时血色全无。

恭喜竞选候选人维维安,成为新闻小组组长,带领A组。原新闻小组组长孔庭恩,带领B组。

恭喜竞选候选人冯千阳,成为新闻小组副组长,协助B组组长。

苍天,为什么会这样?

副组长?副组长跟普通组员有什么分别?

重点是……

她又要和孔庭恩搭档?怎么就是甩不掉他?

冯千阳在看公告,四周的人在看她,议论声渐渐安静下来,大家都感觉到了她的失落。

有人拍拍她的肩膀,冯千阳迟钝地回头。

真是说曹操,曹操就到啊!

孔庭恩春风满面,朝冯千阳眨眨眼睛,雨后的阳光很刺眼,使他整个人看起来闪亮闪亮的。

"冯副组长,以后请多多指教。"孔庭恩主动伸出手。

冯千阳咬咬牙,抓住孔庭恩的大拇指转身就走,硬生生将他带出了人群。

"这是怎么回事?"冯千阳一脸不悦。

孔庭恩无辜地问:"什么怎么回事?"

第五章
福尔摩"冯"

"副组长到底是怎么一回事?"如果她一定要当副组长,当A组副组长也未尝不可,至少可以摆脱孔庭恩的钳制呀,可为什么偏偏……

生活真是太狗血了!

冯千阳越想越不甘,越想越不忿。

孔庭恩好像能读懂她的心事似的,神色越发嚣张:"首先,关于你意外当选副组长这件事,我认为这相当符合某个潜在定律。你没看过选秀节目吗?通常人气最高又最被看好的选手,都拿亚军。"

"……"

"至于你被调配到B组,这要归功于我,是我到琼斯老师那里要人的。"

果然是他!是他从中作梗!

冯千阳气不打一处来:"你为什么不肯放过我?"

孔庭恩不急不躁,言之凿凿:"首先呢,我不是不肯放过你,是因为需要你,所以才到琼斯老师那里要人的,这个理由是不是很罗曼蒂克?你高兴点儿了没?"

"没!"

"那我们就不罗曼蒂克,言归正传好了。现在B组全员只有我和你,一来我们要开始招兵买马,二来新闻采访不能落下。你闯劲十足,无疑是我最理想的搭档,我不要你要谁?A组会保留原班人马,维维安又是元老级别的校园记者,她应付得来。"

维维安,曾经也是冯千阳的面试官之一,现在她终于守得云开见月明,当上组长了。

哈,冯千阳倒是想起来了,克雷吉、维维安和孔庭恩,曾经被称作新闻小组三剑侠呢!他们仨曾是那么要好的朋友。现在克雷吉

被开除了，孔庭恩和他似乎早已断了联系，维维安夹在中间，大概两边不讨好吧，除非……

冯千阳思绪万千，顿时没了与孔庭恩周旋的兴致，她朝他挥了挥手，朝教室走去。

整个上午，冯千阳说不清楚自己是怎么熬过来的，她整个人浑浑噩噩，落选的打击使她颇感挫败，她精神有些萎靡，一时无法振作。

午饭时间，冯千阳耷拉着脑袋走进食堂，发现孔庭恩和朱迪坐在一起聊得正起劲，甚至没有发现她已悄然走近。

冯千阳黑着脸站在一旁，就是不坐下，直到孔庭恩和朱迪无意中回头才发现了她。

朱迪热情地招呼道："千阳，快坐！"

冯千阳摇摇头，用打量犹大的目光打量着朱迪："亲爱的朱迪，请问你是什么时候和我的组长成为好朋友的？"

朱迪一时语塞。

孔庭恩暗暗觉得好笑，她居然会吃飞醋呢，他一把将冯千阳拉到自己身旁坐下："你放心，你的朱迪才没有和我成为好朋友。"

冯千阳没理会孔庭恩，直勾勾地盯着朱迪："可否请你解释一下，你怎么会和他坐同一张饭桌？我对他绝对没有恶意，我只是对你们这个组合有点儿不适应，所以这顿午饭我们三个要一起吃？"

"是的，但不止这顿午饭。"朱迪不禁笑了，伸手捏了捏冯千阳气鼓鼓的脸，"从今天起，以后每顿午饭我们都要一起吃，因为你的孔组长也是我的孔组长，我们可以利用午饭时间聊聊工作上的事。"

什么？

确认自己没听错后，冯千阳瞪大了眼睛看着孔庭恩。

第五章
福尔摩"冯"

她的孔组长以后也是朱迪的孔组长?这么说是朱迪进了B组?他允许了?

"别这副表情。"孔庭恩摊开手掌,送到冯千阳眼皮底下。

冯千阳下意识地往后缩:"你要干什么?"

"你眼珠子瞪那么大,我怕它们会掉下来,我好帮你接住!"

"……"

冯千阳的心情骤然大好,惊喜地问朱迪:"你真的加入新闻B组了?"

朱迪点点头:"当然,是孔组长邀请我加入的,他说有我的加入,你一定会振奋不少。"

孔庭恩在一旁补充:"我还说,尽管朱迪是关系户,但还是要通过为期一个月的考核,才能最终确定能不能留下来。"

嗯,这很合理,对此冯千阳没有异议,但她有点儿担心朱迪。

"你确定自己喜欢校园记者这份工作吗?这个身份,有时候吃力不讨好,必要时还要背负骂名。"

"我知道。"朱迪笑得格外灿烂,"但我是真的挺感兴趣的,我一定会努力通过孔组长的考核。"

"我相信你!"最好的朋友成为自己的搭档,这真是出乎意料,是组长孔庭恩给了她最理想的组员。

要说她心里不欢喜不感激,那必定是假的。孔庭恩这组长,越来越有意思了。

冯千阳主动向孔庭恩伸出手,郑重其事道:"组长,希望我们合作愉快,朱迪交给我。另外还有一点,提醒你不要忽视,我还是不太喜欢你蹭热度的标题党做派。"

孔庭恩会意一笑,轻轻与她握了握:"我也请你不要忽视,今天开始,我不再是你的对手,我是你的友军,我们要超越的是A

组,是过去的我们。至于标题党和蹭热度嘛……我还是要坚持自己,除非有人可以让我信服。"

"那就走着瞧!"

"好,走着瞧!"

新闻B组,在一个闹哄哄的午后全员集结了。孔庭恩暂不打算扩充人数,B组目前成员只有三个人。

朱迪对新身份感到兴奋,已按捺不住跃跃欲试。

吃过午饭后,冯千阳心情大好,落选的挫败感早就一扫而空,果然,世上没有一顿美味解决不了的忧愁。

B组和A组的竞争才刚刚开始,冯千阳对此充满信心。

凌晨2点05分,冯千阳没想到会在这个时间接到孔庭恩的电话。

美梦被扰,她有点儿烦躁:"孔组长,我不是24小时便利店,我只是个还在发育阶段的小女生,睡眠很重要的!你最好有和杀人放火同等紧急的事,否则我不会原谅你!"

孔庭恩没心没肺道:"你知道这两天国内推出了一档叫《少年本色》的选秀节目吗?你是中国人,别告诉我你不玩微博。"

选秀节目?《少年本色》?

"不知道,我确实不太玩微博。我告诉你,如果你曾经被网络暴力伤害过,那你就会对所有社交平台失去了解的兴趣。"冯千阳窝着一肚子火,"孔组长,我不追星,我喜欢睡觉,我要睡觉,现在!"

"不行!你不可以睡觉!"孔庭恩命令道,"你赶紧去关注这档节目,然后写一篇关于江一炫的新闻稿件。要是我们没能抢在A组之前报道出来,就落后了!你赶紧起来,反正是周六,交稿

第五章 福尔摩"冯"

了再睡！"

凭什么？

冯千阳忍住满腹牢骚，脑海里不停地回想着孔庭恩提到的名字——

江一炫？

他是谁？他为什么重要？

冯千阳尚未来得及发问，那头的人已经霸气地挂了电话。岂有此理！

冯千阳扔掉手机，强迫自己爬到电脑前。由于太久没用过微博，她费了好些工夫才想起了登录密码。

冯千阳在搜索栏飞快输入"少年本色"几个字，详细了解了这档选秀节目的大致内容，并无任何创新之处，不外乎就是打着唱歌跳舞的幌子打造偶像。

这档节目刚刚开播，江一炫这名字便上了微博热搜。

冯千阳饶有兴味地刷着江一炫的微博，这男生只比她大两岁，刚上大一，长相出众，很有气质，一看就知道是注定要红的人。在节目里，因为他与评审互动时耿直又风趣，成功俘获了无数少女心。

冯千阳把江一炫发的每条微博都刷了一遍，才知道他是华侨，在美国出生长大，回国前在麦高芬中学就读，父母现在仍住在西雅图。

这么看来，这个新锐偶像江一炫，还是她的校友、学长？

冯千阳莫名感到自豪，睡意也没了，连夜看完了最新一期《少年本色》，看到江一炫劲歌热舞时，她也巴不得能在现场为他欢呼呐喊。

看过节目后，冯千阳激情澎湃奋笔疾书，写了一篇关于江一炫

在中国参加选秀节目的报道,措辞还是一如既往的诚恳,标题还是一如既往的朴实。

通过邮箱发给孔庭恩后,冯千阳看了看窗外,天要亮了。

她打了个哈欠,不知道这时候孔庭恩是否已经睡下,她决定趁机报复他一下,便毫不犹豫地拿起手机拨打孔庭恩的号码。

才"嘟"了一声,那头便接听了,孔庭恩竟然没睡,冯千阳光是听他的声音就知道他很清醒。

"邮件我收到了,这种报道,不会比你上次报道同学捡手机更难,我以为你稍微了解下花半个小时就能写完。"

冯千阳只得承认:"我是看完了选秀节目才写的,我们学长特别棒,我以他为荣!"

孔庭恩在电话里"呵呵"冷笑:"他很棒?哪里棒了?是唱歌、跳舞还是颜值?"

话一出口,电话两端的人都嗅到了一丝诡异的醋意。

孔庭恩感到很懊恼,一改之前敌视的态度,试图挽回局面:"我的意思是,那位江偶像没有你想象中那么好,身为记者,你应该要看得更全面些,你的稿子是一边倒的赞美,充斥着一种……浅薄的气场。"

被孔庭恩这么一说,冯千阳不得不正视自己,重新找出新闻稿查看,里头确实整篇都是对江一炫的赞美之词,但措辞并不浮夸,态度真切挚诚,没有问题。

冯千阳拉下脸:"孔组长,我的新闻稿件妥妥的,你对于江学长的微词,我就当是妒忌了。你三更半夜吵醒我,我也不跟你计较了,但稿件都让我写了,你干什么?另外,以后再遇到这种情况,麻烦你去欺负朱迪,她是新人!"

那头,孔庭恩忽而沉默,明明他一个字都没说,冯千阳却强烈

第五章
福尔摩"冯"

地感受到了他的恼怒。

他好像生气了,为什么?

半分钟后,孔庭恩冷冰冰地开了口:"我才没有妒忌江一炫,像他这种人,有什么值得我妒忌的?我让你写一篇关于他参加选秀的报道,是因为我要做更加吃力不讨好的事。另外,我就喜欢欺负你,朱迪留给你欺负吧!"

冯千阳能感觉到,孔庭恩不喜欢江一炫:"孔组长,江一炫是哪种人?你对他的态度很奇怪。"

孔庭恩似乎不愿再多谈这个名字,不屑地说道:"他是什么人,你很快就会知道,睡醒以后,自己看校园新闻。"

孔庭恩挂断电话,冯千阳不得不带着这个问号重新睡去。

许是忙活了一整晚,冯千阳这一觉竟睡到傍晚,直到冯爸爸按捺不住,走进卧室摇醒她。

"千阳,天都快黑了,你还睡?是不是哪里不舒服?"

冯千阳勉强睁开眼,顿感头痛欲裂,抬头看了看窗外,果然,外头天色一片暗红,已经是黄昏了。

"爸,我没事,我熬到早上才睡。"冯千阳听见肚子在叫,连忙下床,跟着爸爸走进餐厅。

饭桌上摆了一桌子丰盛的饭菜,全是妈妈亲手做的。

"妈妈呢?"

"外出参加同事的生日派对了。"

冯千阳喝了口温水,蓦然想起已经是周六,懊悔地拍拍脑门:"爸,这几天我实在太忙,都忘了你的事,这星期你去见道格医生了吗?"

道格,是爸爸的心理医生。

爸爸宠溺地拍拍冯千阳的脑袋,这些日子以来,他发现女儿又

瘦了,看来校园记者是件苦差事:"我们一家都是工作狂,没想到你也不例外。当校园记者辛苦吗?要么,不做了?"

"不行,我必须坚持!"冯千阳格外坚定,"爸,你放心,我会兼顾好学业,也能照顾好自己。"

爸爸无奈:"好,那你也要对我放心,我也能照顾好自己。"

"是吗?你真的能照顾好自己?"冯千阳怀疑地看了爸爸一眼,"今天是周六,你又一整天都待在家里,对吗?"

爸爸不语。

冯千阳索性放下碗筷,牵着爸爸走出家门,强行拉着他过了马路。

家对面,正好是座风景秀丽的公园,冯千阳挽着爸爸站在栅栏之外,看着里头正在玩耍的孩子,他们欢快的笑声不绝于耳。一阵风吹来,让冯千阳感到神清气爽,头疼似乎也好了很多。

"爸,你能不能答应我,就算你不喜欢外出,不愿意社交,不愿意和任何人来往,也至少走出家门,感受一下大自然的美好?道格医生叮嘱过你,一定要多出来走走,要多晒晒太阳,多透透气,而这里离我们家又这么近。"

爸爸面无表情,漫不经心地说:"不是距离的问题,我就是想一个人安安静静地待在家里,有你和你妈陪我说说话就足够了。我不孤独,我只是选择了清静的生活,这没什么不好。公园里都是遛狗的人,有什么好看的?我要真有兴趣,大可以自己养条狗。"

"可以啊!"冯千阳恨不得举双手表示支持。

爸爸马上又摇摇头:"我只是说说而已,养活你已经很不容易,我哪还有闲工夫养狗。我的意思是,我不喜欢看别人遛狗,我宁愿看电视节目。"

电视节目……

第五章
福尔摩"冯"

冯千阳猛然想起《少年本色》和江一炫。

"爸，这周我放过你，下周我陪你外出，你别急着摇头，你答应过我要积极配合治疗，不会再去想那些不愉快的事。"

爸爸叹息一声，回忆一旦勾起，他的两道浓眉便不由得深锁："孩子，我已经试着放下了，等你长大了，或许就会明白，人们最难做到的就是放下，特别是在自己受到屈辱之后，所以历史上才会有卧薪尝胆和破釜沉舟的故事。我至少在试着释怀，也试着宽恕那些诬陷我的人。可你呢，你放下了吗？你那么执着做记者，是为了什么？"

冯千阳眼眶一热，她的心事，她从未对爸爸提及一个字，可他什么都懂。

"爸，我当然放下了，我执着做记者，只是因为我不愿意再看到有人被舆论伤害，我要为假新闻和不实报道的受害者发声，为他们平反鸣冤。"

如果可以，冯千阳希望有朝一日能为冯爸爸鸣冤，只是时过境迁，爸爸故意只字不提，她便也不忍去揭他伤疤。

太阳即将西沉，西雅图的黑夜就要上演，冯千阳借着路灯投来的光，细细观察爸爸脸上的阴郁和哀伤。

他心里究竟藏了多少心事？那些心事那么重，压得他再也无力挤出微笑，累得他再也无力寻找生活的美好。

他那颗受伤的心，还会好吗？

从爸爸刚才那一番言语中，冯千阳察觉到，爸爸始终无法宽容那些诬陷他的人。究竟是谁让爸爸当了替罪羔羊，那人是无意的，还是有心嫁祸？

冯千阳很想追问真相，可话到嘴边又开不了口，她舍不得为满足好奇心而伤害父亲。

爸爸，真希望有一天，你能够真正快乐。

冯千阳心口隐隐作痛，她不知道要怎么帮助爸爸，她就像一个已经靠岸的人，向溺水的人伸出手，可他不愿上岸，宁愿就此下沉。

3

又是一夜难眠。

一整晚，冯千阳都在回忆两年前的那场灾难。她试图从过去找到线索，那个诬蔑爸爸的凶手，她认识吗？是熟人作案吗？

她不知道，她无法确定。

翌日醒来，冯千阳感到极其困乏，或许是因为过去两天，她想得太多了。

她打开网页，本打算看看江一炫的最新动态，意外发现，微博上疯传着麦高芬中学的一篇最新发布的长文。

长文里的一半内容是冯千阳写的，她如实报道了江一炫在国内参加选秀的事，只是它被修改得面目全非，原本对江一炫的溢美之词被删去了不少。

另一半内容，冯千阳仔细拜读后，确认是孔庭恩的文笔。他指责江一炫在就读于麦高芬中学时，曾和其他男孩欺负一名女生，给那名女生留下了极大的创伤和心理阴影，最终导致她辍学。

这篇报道本就内容敏感，孔庭恩偏还要故技重施，将标题命名为《校园"霸主"为何成为偶像？》，随后还带上了好莱坞最近上映的电影话题，蹭足了热度。

江一炫在国内本已吸粉无数，风头正盛，他的粉丝碰巧也有在国外留学的，便将新闻稿截图发到微博上。

微博的传播速度非常快，截图传开后，各个大v都争相发表个

第五章
福尔摩"冯"

人看法,生怕反应慢了一拍,就当不上意见领袖。

明明只是一张截图,还是美国传来的新闻,可那些微博大V义愤填膺,同仇敌忾,仿佛亲身见证了江一炫的"罪行"似的,着急地彰显自己的社会责任感。

这时候,自然有粉丝跳出来捍卫江一炫的清白,尽管孔庭恩在措辞方面尖锐又严厉,分明一副训导主任的口吻,但他提不出半点儿事实依据。没有足够证据,便是最大的漏洞。在粉丝眼中,这就算捏造事实,诬蔑偶像声誉。

忠实粉丝一旦爱上一个偶像,就成了神通广大的侦探,就没有他们扒不出来的隐私。譬如,他们虽然不知道这篇新闻报道具体由谁执笔,但他们能找出究竟是由谁发布的,他们借助留学粉丝的势力,从麦高芬中学官网的新闻小组专栏里,找到了孔庭恩的照片和个人信息。

即使已经分组,孔庭恩的名字依然被挂在学校官网最明显的位置。

之后,粉丝顺藤摸瓜,很快扒出了孔庭恩的微博账号。说起来,这也是孔庭恩成全了他们。孔庭恩的微博ID(微博昵称或主页链接后的编号)和脸书ID完全一致,傻子都能查出来。

在江一炫"霸凌"风波被扒后,粉丝以排山倒海之势攻占孔庭恩的微博,甚至都没到一个小时,孔庭恩的微博便彻底沦陷了。

冯千阳在看孔庭恩的微博时,总有种"这一天,人人都是江一炫粉丝"的错觉,有些网友不过就是为了责骂而责骂,他们肆意发泄着自己的愤怒,在孔庭恩的微博下面留下最不堪入目的字眼。

冯千阳关掉网页,视线落向放在床头柜上的手机,她要不要给孔庭恩打一个电话?

她迟疑地拿起手机,忐忑地拨了电话,没有人接,再打,孔庭

恩直接关机。

关于网络暴力，冯千阳早就领教过了，她很明白孔庭恩现在的心情，所以才对他放心不下。

她忽而很害怕，害怕孔庭恩总是容光焕发的脸上，会出现和爸爸一样的悲伤表情。

冯千阳不敢耽搁，换上外出的衣服后，急冲冲跑出卧室："爸爸，送我去一个地方！"

"去哪儿？"

"孔庭恩家，事情有点儿不太妙，我们路上说。"

看出冯千阳实在焦急，爸爸二话没说，拿起车钥匙起身往外走。

在看孔庭恩的微博之前，冯千阳本是恼他的。她对他博取关注的方式不敢苟同，现如今他也终于尝到了苦果。

在看了孔庭恩微博之后，冯千阳心里所有的责备都被担忧压了下去，她只想尽快见到孔庭恩，确认他安全无事。

路上，冯千阳向爸爸普及了《少年本色》和江一炫，也简略地说了自己和孔庭恩不同的工作方式，最后还不忘总结一句，孔庭恩正在被网络暴力骚扰。

爸爸总算明白，冯千阳何以这般焦急，她有阴影，怕孔庭恩会变成下一个他。他忽而有些内疚，他的消极竟无形中给女儿带来这样的伤痛。

二十分钟后，车子停在孔庭恩家门口。

冯千阳急忙下车，快步走到孔庭恩家门前，想要按响门铃的瞬间，她犹豫了，胆怯地回头朝爸爸看了一眼。

爸爸走下车，朝她投去慈爱的眼神："需要我陪你进去吗？"

冯千阳摇摇头："不用了，我会把他带出来的，多谢您的支持

和理解!"

冯爸爸不由得笑了,笑中透着一丝苦涩:"你爸我是过来人,我都懂,去吧,我在这里等你。"

"好。"冯千阳刚回过头去,门竟开了。

孔庭恩从里头走出来,顶着一双熊猫眼,头发乱糟糟的,T恤也松松垮垮的,整个人看上去无精打采的。

冯千阳避重就轻:"你怎么知道我来了?"

孔庭恩歪歪头,朝冯爸爸挥挥手,才转头看冯千阳,说:"有车子停在我家门口,我总要看看是谁,看见你下车后,我就走到门后候着了,但你迟迟没有按门铃,我等不及了。"

嗬,难为他还能谈笑自如。

冯千阳悬着的心总算落下:"你想出去走走吗?"

孔庭恩挑挑眉:"你的意思是,你约我?"然后又压低声音,"还要带上冯爸爸?这算什么?亲子三人行?可我不姓冯啊?"

冯千阳忽而感到口干舌燥,心跳的加速让她乱了阵脚,她挠挠头,又摇摇头:"不是亲子三人行,我爸只是充当一个助人为乐的司机,送我们去目的地。"

"目的地是哪里?"

"呃……"冯千阳试探道,"你想去哪儿?我愿意去任何你想去的地方。"

孔庭恩微眯着眼挤出一个坏笑:"如果我想去外太空,你能带我飞吗?"

冯千阳被难住了,分外认真地思忖了半分钟,非常诚实地摇摇头,较真地说:"并不能,但如果你能找到一个没有翅膀也能飞的方法,多冒险我都愿意陪你尝试!"

孔庭恩静静地听着,默默地看着冯千阳,细细回味她说的每一

个字。她的话流露出明显的关心,孔庭恩有些感动,不再在她面前强颜欢笑。

"怎么突然对我这么好?"

"我看了你的微博,给你打电话你又不接,我怕你想不开,毕竟连我爸都……"

意识到自己说得太多,冯千阳就此打住。

孔庭恩知道有故事,饶有兴味地凑到冯千阳耳边:"连冯爸爸都怎么样?他也被网络暴力伤害过?"

冯千阳面如沉水,咬咬牙,明显不愿多谈过去,不耐烦地催促道:"你要不要出去走走?不要我就走了!"

"要!但我不太需要助人为乐的司机,我16岁就考了驾照,这里是美国。"

"……"

4

冯千阳能理解孔庭恩设法支走冯爸爸的心情,有大人在,他一个骄傲男孩怎么敢尽情倾诉?爸爸在外人面前也从不承认自己的痛苦,有时候,他甚至不愿意在她面前坦露心扉。

好在冯爸爸是个体贴又信任孩子的人,他相信冯千阳懂得拿捏与男生来往的分寸。又或是受了美国文化的影响,冯爸爸的同事大多都很尊重儿女们的自由意志,他们似乎极少为儿女交朋友的事烦心,因此冯爸爸也渐渐放宽了管制,在提醒冯千阳天黑前必须回家后,便驾车离开了。

孔庭恩回到屋里,动作迅速地洗了把脸,然后又梳好了头发,整个人看起来顿时精神不少。锁上家门后,他向冯千阳炫耀似的扬了扬手中的车钥匙,然后带冯千阳走进车库,绅士十足地为她打开

第五章 福尔摩"冯"

车门,等她钻进车后,他关上车门,才坐上驾驶座。

冯千阳连忙系上安全带,至今为止,她还是头一回坐少年司机开的车。在孔庭恩倒着车驶出车库时,她紧张兮兮地盯着他的一举一动,生怕他哪个操作超出她的驾驶认知,增加行车的危险指数。

"小心驶得万年船,你千万不要急,凡事慢慢来。"冯千阳再三叮嘱。

孔庭恩没好气地横她一眼:"你怕什么?刚才不是夸下海口,如果我能上天,你会冒险陪我一飞冲天?"

"那是假话,专门哄你的,少年!"冯千阳对孔庭恩的车技持怀疑态度,不时扭头往后方看看,提醒孔庭恩路上有车。

孔庭恩十分淡定,技术纯熟地操控着方向盘,安抚道:"你别担心,我拿驾照快两年了,至今没有违章记录,当然,也没出过意外,你把自己交给我,很安全。"

"但愿吧。"冯千阳半信半疑,"我们要去哪儿?"

"不知道,开到哪儿算哪儿,可以吗?"孔庭恩又看了冯千阳一眼,许是车外的阳光太过柔和,他脸上的消沉也被掩盖了几分。

"好。"冯千阳听之任之。

昨晚,孔庭恩度过了一个煎熬的夜晚,微博评论以每分钟上百条的速度向他袭来,几乎全都是谩骂。骂他也罢了,还诅咒他的家人,有一瞬间,他感到自己快要崩溃了,他恨这个世界,想用最极端、激烈、尖锐、刻薄的措辞,回敬那些口不择言的人。

但他忍住了。理智告诉他,这样的争吵毫无意义,他是个男生,不能变成骂街的泼妇。

他选择了沉默。他忽而明白了沉默的意义,也懂得了沉默的重量。

他想起了朱迪,被集体欺负时,竟能那样隐忍。

他想起了冯千阳,竟敢那样以寡敌众,她是他见过的最英勇的女孩。

他想起了冯爸爸,冯千阳对朱迪谈到的过去,他都听到了。

"之后发生了什么事?"孔庭恩再也按捺不住好奇心,轻声问,"是什么让你们下定决心要移民到西雅图?我相信冯爸爸是无辜的,一个贼不可能教出这样优秀的女儿。"

冯千阳极度震惊,猛地扭头瞪他:"你怎么会知道?你什么时候知道的?难道……是朱迪告诉你的?"

"不是。"孔庭恩歉疚地说,"朱迪出事那天,我看她情绪很崩溃,我又内疚又担心,于是尾随你和她到了教室,我本想进去,再次向朱迪道歉,但听见你们在谈话,我就犹豫了,在门口踟蹰了一阵,这一犹豫,就听到了你的故事,这只是个意外,我绝对不是故意偷听的,对不起。"

冯千阳的沉默使孔庭恩莫名紧张,他觉得心浮气躁,索性关上车窗,风声被隔绝后,车内显得更加安静,气氛也更加诡异。

"冯千阳,如果你不愿意告诉我,我不多问就是了,我保证,不会再让自己的好奇心打扰你,请你别在这时候跟我生气。"

"我没有。我也不是十分介意让你知道。"冯千阳朝孔庭恩投去安慰似的笑容。

她记得,出事那年,爸爸被拘留了半个月,才被释放回家。

那名不幸在临床试验中死去的志愿者,经法医鉴定,并非死于试验药物,而是由其他疾病引发。除此之外,对于冯爸爸剽窃竞争公司医药研发报告的指控,涉事公司和受损公司经过调解后决定私了。

至于谁才是剽窃研发报告的人,似乎并没有人真的在乎,除了饱受无妄之灾的爸爸。

第五章
福尔摩"冯"

冯爸爸被公司开除,虽然被扣除了当月工资和年终奖金,但至少在个人档案上,没有留下一个"剽窃"的罪名。

这对冯千阳一家来说,是最好的结果。奈何时过境迁,记者早已失去了对这起案件的兴趣,再没有媒体愿意跟踪报道这则过气新闻,也没有媒体为爸爸澄清,于是公众便保留了固有的印象——爸爸偷来的药害死了人。

爸爸回家后一直闭门不出,把亲戚和朋友都拒之门外。他郁郁寡欢,情绪一直未见好转。

冯千阳和妈妈打算带他散散心,便选了一个大晴天,带上爸爸一起外出看电影。爸爸本不愿意,但为了哄妻女欢喜,便同意了。

三个人刚走到地下停车场,便遇到几个陌生男子,上前一把抓住爸爸,毫不顾及有冯千阳这个孩子在场,野蛮地朝爸爸挥出拳头。

冯千阳气不打一处来,她当时唯一的想法是,她要为冯爸爸战斗,就算打不过那些莽夫,也要奋力一搏,因为倒在地上的是她最重要的人!

冯千阳尖叫着就要冲过去,妈妈一边紧紧拽住她,一边手忙脚乱地拿出手机报警。

"你们是谁,你们凭什么打我爸爸?"冯千阳歇斯底里地呼喊。

让她真正痛心的,不是爸爸挨了拳头,而是他居然毫不反抗,就这么倒在地上,任人伤害。

他放弃了对自己的捍卫。

警察很快赶到,抓住了几个闹事的男子,他们声称是死者的亲戚。

警方耐着性子再三解释,志愿者的死与药物无关,更何况冯爸

爸的剽窃罪名并未坐实。可那三名男子执意认为,警方一定是收了冯爸爸的好处才替他开脱,既然正义没有得到法律的维护,那就必须用暴力伸张。

冯爸爸满身伤痕,却拒绝去医院。

冯千阳无助地倒在爸爸怀里,不论她如何哀求,爸爸都说自己没事,只是皮外伤不用去医院,他只想回家。

冯妈妈约见了律师,决定追究那些人对冯爸爸的人身侵害和名誉伤害。冯爸爸知道后,没有反对,也没有支持,好像这一切都与他无关。

他无心问世事,连房门都不肯出,他比之前更封闭了。

检察院约见冯妈妈和死者家属做民事调解。冯妈妈态度坚决,拒绝庭外和解,带着冯千阳站到了法庭上,控诉死者家属无理取闹,不仅要求对方赔偿冯爸爸的医药费,还要赔偿冯家一家三口的精神损失费。

由于事发时,死者家属不顾冯千阳这个未成年人在场,对冯爸爸大打出手,法官认同冯妈妈的诉求,要求死者家属赔偿。

死者家属不认同判决结果,再次跑到微博闹事,控诉冯爸爸杀了人竟还有脸索赔,对于他们粗暴殴打冯爸爸一事,他们理直气壮地认为那是冯爸爸罪有应得。

尽管闹得满城风雨,冯爸爸却两耳不闻窗外事,没有出庭指证,没有走出房门一步,他甚至未曾开口说过一句话。

冯妈妈知道,再这样下去,冯爸爸迟早要把自己逼疯,便收拾好一切,带上冯千阳和冯爸爸,远走他方,重新开始。

她听移民美国的朋友说,西雅图是一座适合疗伤的城市,这里是美国治安最好的城市之一,它位于加拿大和美国交界处,这里的人都友好和善。

第五章 福尔摩"冯"

在这里,冯爸爸的情况有了明显的好转,至少,他不再抗拒走出房门,也不再厌恶走出家门。至少,他终于愿意与冯千阳交谈。一开始,他们只谈未来,不谈过去。后来,冯爸爸到新公司上班,得到了上级的高度认可,也收获了下属的尊重,他渐渐找回一点儿自信,在冯妈妈的鼓励下,他终于愿意接受心理治疗。

现在,尽管他还是无法释怀,豁达地把往事当作笑话,将自己的心扉完全打开,但令冯千阳欣慰的是,每当她好奇地问及时,他不再逃避,不再认为那是自己的过错。他尚且做不到宽恕他人,但他放过了自己。

"故事讲完了,你满意了吗?"冯千阳问孔庭恩。

孔庭恩点点头,在前面的路口掉转车头,开始往回走:"原来,是因为有过冯爸爸这个案例,你心有余悸,怕我扛不住网络暴力,所以急匆匆赶来?"

"是,我怕你以后都不会笑了。"

孔庭恩马上笑给冯千阳看:"我变得不爱笑又怎么样?反正伤害不到你。"

"会的,会伤害到我。你是我的组长,你整天不笑,我会有阴影的,我比较喜欢和快乐的人共事。"

孔庭恩打开车灯,缓缓将车子靠边停下,定睛看了冯千阳三秒,忽然笑出了声,扬扬自得:"原来你喜欢和快乐的人共事,难怪你会喜欢我了。如果快乐就能让你喜欢,那根据我现在的快乐指数,你不是要变成我的粉丝?"

冯千阳直翻白眼:"难为你还有心情臭美,看来是我低估了你的承受能力,白跑这一趟了。"

"你没有白跑这一趟。"孔庭恩忽而认真起来,"有人陪着,日子总是好过点儿,再难的坎,也容易迈些。好在你来了,多亏你

来了,因为你来了,我才笑得出来。"

"我当然要来。"冯千阳吐了吐舌,"你哭鼻子的样子一定很好笑,我怎么能错过。"

"为了不让你失望,你觉得我有必要现场给你哭一个吗?"

"改天吧。"冯千阳抬头望天,"今天阳光好,不适合哭泣。"

5

新一周开始,等待冯千阳和孔庭恩的,是新的考验。

孔庭恩对于江一炫的报道,给麦高芬中学带来了不好的影响。琼斯老师代表校方召见新闻B组全员,批评了他们三人的鲁莽。

孔庭恩主动认错:"琼斯老师,都是我的错,这篇报道和她们无关。"

"我当然知道,在这篇失败的报道上,你,B组组长,要负主要责任,我光看文章的标题风格和蹭热度的习惯就能断定!"琼斯老师正在气头上,一改从前和善的态度,揉着太阳穴恼怒地说,"曾经,我真的以为成立B组,就可以实现相互监督,现在看来成效不大,你们还是很肆意妄为。"

为了惩戒孔庭恩,琼斯老师撤销了孔庭恩的组长职务,B组暂时由她亲自监管。

对此,孔庭恩早已有了心理准备,可当"贬职"真正落在头上时,他难免感到懊悔和郁闷。一整天,他笑意全无,整个人死气沉沉的。冯千阳见他有意回避,便不再勉强,决定留给他独处的空间。

理智告诉冯千阳,她必须彻查江一炫事件,如果这是事实,那新闻B组欠江一炫的粉丝一个实锤,如果不是,那么他们亏欠的便

是一个公开道歉。

可这件事该从何着手调查,冯千阳一筹莫展,她甚至怀疑事件本身是子虚乌有的。她之所以这么认为,完全是因为相信国内媒体的实力,如果正当红的江一炫有这样的污点,国内的八卦记者首先不会放过他。

冯千阳和朱迪约好,放学后在校园门口碰面,再一起去公交车站,可下课铃刚响了两声,朱迪便出现在冯千阳教室。

冯千阳察觉到朱迪神色有异,连忙收拾好书包走出走廊。

朱迪从口袋里掏出一张字条,字条上只写了"来413室"。

413室?不正是孔庭恩的教室?

"谁给你的?"冯千阳狐疑地问。

朱迪摇摇头:"我不知道,我是从课本里发现它的,不知道是谁把它夹进去的。不过我想,不论是谁,都不会是我们孔组长,他不会搞这种小动作。"

说得太对了。

冯千阳将字条收进口袋,挽着朱迪阴恻恻笑了:"我们去一趟413教室,不就知道了?"

朱迪猛打一个激灵,侧目瞅了瞅冯千阳:"你刚刚那副样子,像个阴谋家!"

"谢谢你的赞美!"

冯千阳带着朱迪和满腹疑窦,来到了久违的413室。新闻小组没有分组之前,她每周都会来这里开会。

413教室,竟给了她微妙的"娘家"感觉。

A组组长维维安正站在讲台上,准备和A组组员开会,那曾经是孔庭恩习惯性占据的位置。

维维安是一个有着栗色卷发的女生,她有一双迷人的绿眼睛,

外貌很出众,成绩也优异,她是整个麦高芬中学最受欢迎的女生。

看见冯千阳和朱迪站在教室门口,维维安并不感到意外,热情地招呼她们进来。

冯千阳正打算走进去,朱迪忙拉住她,小声嘀咕:"孔组长没在,我们是B组,不是A组,出席A组的会议会不会不太合适?"

"我们不是出席会议,维维安在邀请我们,拒绝显得不太礼貌。"冯千阳一把将朱迪拽进413教室,自己也紧紧尾随,落落大方地向在座的人打招呼。

维维安笑意盈盈正想开口,冯千阳摆了摆手,向A组全员出示字条,先声夺人地问:"是谁留给朱迪的?我想谢谢他。"

冯千阳扭头看向维维安:"维维安,你好像一早就知道我们会来?哦不,对不起,我措辞太不严谨了,你好像期待着我们会来?或者……你是期待朱迪会来?"

"是的,我期待朱迪会来。"维维安走到朱迪面前,故作亲昵地握起她的手,露出了天使般的微笑,"我想着,B组可能不太适合你,毕竟你和他们会有文化差异,况且,B组组长已经被撤职了,琼斯老师很忙,哪里管得过来?你有听到学生们的议论吗?新闻小组极有可能要再次合并,你迟早要来的。"

冯千阳与朱迪心照不宣地对视一眼,心情越发亢奋,事情似乎越来越有意思了。

朱迪轻轻从维维安手里抽回手,也挤出一个天使般的笑容:"维维安,我和千阳确实存在文化差异,所以我特地报了中文班,最近在学中文,我觉得中文很有趣。你这人那么不令人愉悦,平常肯定不喝'令人愉悦'。"

"令人愉悦?"维维安没懂这梗,皱了皱眉。

朱迪冷不防切换中文模式,带着浓浓的西方口音,舌头打结地

说："'令人愉悦'是可乐。"

冯千阳忍不住笑场，无比自豪地抱住朱迪，在她脸上亲了一下，转头对维维安说："现在我知道这张字条是怎么一回事了？你想瓦解我们B组？维维安小姐，我好像记得，你和孔庭恩交情不错，看来你和他的友谊只是泡沫，风一吹就破！"

冯千阳快、狠、准地将纸条贴上了维维安的额头，然后冷声说："维维安小姐，新闻小组不会合并，B组全员不会允许这种情况发生。你们好像还要开会？那我们就不打扰了，好好享受你们无聊的会议。拜拜。哦，对了……"冯千阳走到413教室门口又突然回头，俏皮地挤了挤眼，"我代表孔庭恩和你解除朋友关系，对，就是你，'薇薇安假面'！"

离开413教室后，朱迪犹如一个小影迷向冯千阳眨着星星眼，道："我十分喜欢你挖苦维维安的措辞，'薇薇安假面'，哈哈！"

冯千阳心不在焉地点点头，始终想不通维维安因何与孔庭恩为敌，曾经他们是挺要好的朋友。当然，还有克雷吉，他们仨曾是她的面试官呢！

对，克雷吉，她怎么能把他忘了呢？冯千阳拍拍自己的脑袋瓜。

他们仨还好吗？

冯千阳好像很久没看见孔庭恩和克雷吉走在一起，他们当初就像她与朱迪，可谓形影不离呢。

难道是因为孔庭恩再三维护她，克雷吉已经与他分道扬镳了？

冯千阳把自己的困惑告诉朱迪，朱迪不以为然，撇撇嘴提醒她："他们做不做朋友关你什么事？你要是有时间，还不如好好想想究竟是谁要给你画大花脸！"

对哦！冯千阳竟把这事抛诸脑后了。

她蓦然想起，那天画她脸的那个男孩曾透露过一个线索：她令他的朋友们很不高兴，也就是说，至少有两个人想要报复她。

冯千阳突然有一个大胆的设想，她看了看手机时间，一把将朱迪拖到礼堂一侧的小树林里，也就是她被袭击的案发现场。

这片小树林很茂密，无疑是最理想的藏匿处，从这里望出去，刚好可以看见校园正门。

朱迪不解地问："千阳，你想做什么？"

冯千阳竖起食指"嘘"了一声，示意朱迪盯着校门口，低声说："新闻小组是孔庭恩带出来的，A组的成员曾经都是孔庭恩的组员，即便现在独立出去了，也不见得会改变工作方式，毕竟他们已经完全熟悉并习惯孔庭恩的领导方式，他们开会的风格和孔庭恩的风格很像。"

"那是什么风格？"

"就是简单明了、没有废话、直奔主题的风格。意思就是，A组会议会马上结束。"

"你凭什么这么确定？"

"就凭维维安仍然选在413室开会，那可不是她的教室。"冯千阳拧转朱迪的脸庞，让她仔细留意校门口。

果然，不到十分钟，A组组员便鱼贯从教学楼离开，慢悠悠地向校门口走去。

克雷吉出现在校园门口，维维安一看见他，便急急抬步跑去，一头栽进他怀里，在他们身后，走出来一个路人甲，那路人甲与维维安握了握手，三个人似乎都很熟悉彼此，有说有笑地一起离开了。

冯千阳总觉得那路人甲有点儿眼熟，为了看得更真切，她向

朱迪吩咐一句："一分钟后你跑过来叫我,假装你妈来接我们放学。"说完便飞也似的冲了出去。

她急速地朝目标接近,边跑边拿出手机,一切准备就绪后,她冲着前方喊了一声"维维安"。

维维安、克雷吉还有路人甲同时回头。

冯千阳喘着粗气,走近后暗中观察那个路人甲,她认出了他!

他就是那个把她放倒在地上,拿笔在她脸上作画的人!

冯千阳克制着心中的恐惧和愤怒,淡定迎上前,装作初次与路人甲见面的样子,目光并未在他身上停留太久,指尖划过手机,假装在发短信,神不知鬼不觉地给三人拍下一张大合照。

"怎么了?B组组员!"维维安挖苦道。

克雷吉给维维安背书包,看样子两个人关系不错。

冯千阳若无其事道:"维维安,我想跟你道歉。"

"道歉?为刚才的事?你该不会是后悔了吧?"

"是的,为刚才的事,我后悔了。"

"你想通了?想加入A组?"

"当然不。"冯千阳轻蔑地笑了,"我意思是,刚才在413室我太不友好了,我应该更不友好一些,因为对待你们这种人,就应该不友好!"

不等维维安回过味来,朱迪便一个箭步冲上来,一把拉住冯千阳,按照原定计划,指着一辆停在路边的车,说:"我妈的车来了,在那边等着我们呢!"

冯千阳拉着朱迪撒腿就跑。

到家后,冯千阳正儿八经地找出一张白纸,又正儿八经地在纸

上画了一份只有她才能看懂的关系图。

经过一晚上反复推敲,冯千阳得出了一个比较可靠的结论。睡下时,她特别有成就感,犹如一名刚破获大案的侦探。

翌日,冯千阳起了个大早,连早餐都没吃,破天荒地要爸爸送她上学。

冯爸爸感觉到她一定遇上了什么事,便爽快答应,不承想出门时,冯千阳又提出了特别要求:"爸爸,麻烦你绕路到孔庭恩家,我要接他一起回校,现在时间还早,他说不定还没起床呢!"

冯爸爸当然是拒绝的,一个女孩子大清早跑到男孩子家,成何体统?

冯千阳知道爸爸肯定想多了,便将新闻B组的最新进展告诉他了。

"孔庭恩昨天被革职了,不知道今天的状态好点儿没有,正巧我找到了那个埋伏我的人,我想尽快和他沟通一下我的想法,我等不及了,所以才想让你顺便接他一程。"

冯爸爸从后视镜瞥了冯千阳一眼,好奇地问:"那个江一炫,最近真的很红吗?"

"当然,他一年前还是麦高芬中学的学生呢,《少年本色》这档节目现在在中国很火,关注度很高。"

自从切身感受过一回网络暴力后,冯爸爸再没有使用过国内的社交平台,后来来到美国,便彻底戒掉了从前的上网习惯,微博、微信、QQ,早退出了他的生活。

"这就奇怪了,"冯爸爸嘀咕,"孔庭恩只比你高一个年级,他是三年前入读麦高芬中学,凑巧赶上江一炫毕业,他们俩完美地错过了彼此,应该没见过面。他是怎么知道江一炫欺负女生的?如果这件事是真的,又像孔庭恩指控的那么恶劣,那西雅图本地媒体

第五章 福尔摩"冯"

不可能不报道,哪里还轮得到孔庭恩当首告人?"

"对哦!

冯千阳凑近驾驶座,充满敬佩地朝冯爸爸看一眼:"果然,姜还是老的辣,我还以为爸爸你一心归隐,再也不问世事了呢!"

冯爸爸笑了笑:"我也以为我真的能做到对这个世界漠不关心,不过刚刚听你说了那么多学校的事,忽而发现你比我想象中要忙,看来,我要考虑重新登录微博了解一下《少年本色》这档节目了,当然,还有江一炫。"

"你当然要了解!"冯千阳兴致勃勃地说,"爸,我的事就是你的事,你要多多关心,以后我会把我在学校发生的一切都告诉你,让你知道我每天过得有多戏剧化,而你也要看我写的新闻,要关注我们中学的官方号,好不好?"

"好!"

尽管只是一句简洁的回答,却让冯千阳百般欣喜。

冯爸爸竟开始对外界感兴趣了,或许是因为这些日子以来,他看见了她的苦恼、困惑和纠结,为了能够及时了解她关心她,他才会开始在意她所关心的人和事。

真好,这可是病情好转的预兆,看来今天真是个好日子。

冯千阳将视线投向车窗外,孔庭恩家的灰色房子就在前方不远处。

车子刚刚停妥,冯千阳便急匆匆往外飞奔,这一次她没有一秒的犹豫,抬手便按响门铃。

前来应门的是一个短发中年妇人,颧骨很高,显得面颊深陷,个子也很高,更显得她清瘦单薄。

或许,孔庭恩正是从他母亲那里继承了这样的身子骨,高高瘦瘦,像个纸人。

"阿姨好,"冯千阳直接用中文问候,笑了笑又说,"孔庭恩起床了吗?"

孔妈妈微微点头,她不是那种和蔼热情的长辈,对谁都是一副充满戒备的模样,好像她是守住这个家的一名战士。

"你是他的同学?"孔妈妈问。

冯千阳笑了笑:"我是他的组员,他近来在学校遇到了一点儿麻烦事,我怕他钻牛角尖,所以让我爸爸顺便来接他一起上学。"

冯千阳扭头指了指自家的车,又回头问孔妈妈:"他的情绪好点儿了吗?"

"没有,糟糕得很。"孔庭恩的声音从屋里传来,不一会儿,他的脸便从房间内探出来,"又来突击检查?怕我一不高兴会变成忧郁小青年?"

"是!"见他还有开玩笑的心情,冯千阳顿时放心不少,"我怕你一蹶不振,躲在家里哭天抢地、怨天尤人,所以特地前来慰问你,不瞒你说,我是堕入凡间的天使,你要对我的善意充满感恩啊!"

孔妈妈在一旁,见证了二人逗趣的相处模式,木讷的脸上竟也有了一丝笑意。

她回屋里拿了三份三明治和三瓶果汁,交到冯千阳手里:"谢谢你对庭恩的关心,你来得这么早,应该还没吃早餐吧?"

"没,饿死了!谢谢!"冯千阳大方地接过早餐,带孔庭恩上了爸爸的车。

二人一起坐在后座,关上车门后,冯千阳直奔主题。

"你是怎么知道江一炫的事?"

孔庭恩别转脸,分明不想谈及这事。

第五章
福尔摩"冯"

或许，是因为有爸爸在场，所以他才放不开？

考虑到他的感受，冯千阳打算到了学校再刨根问底，趁这空当，她将昨天下午与朱迪一起经历的一切都告诉了孔庭恩。

他越听脸色越难看，最后忍不住握起拳头捶了捶自己的额头："这一次，确实是我鲁莽了，但你是怎么想到，克雷吉和维维安……会联手对付我们？"

"因为你说过，克雷吉是那种有仇必报的人，他这阵子太安静了，这本身就很可疑，偏偏在这时候，你的好朋友'薇薇安假面'，又向我亲爱的朱迪小姐抛出了橄榄枝，太猖狂了！我想起你们曾经都是我的面试官，从前你们有说有笑，是因为你再三阻止克雷吉报复我，才和他关系恶化的吧？"

孔庭恩咬一口三明治，含混不清地道："嗯，很好，还记得这一点，不枉我狠心结束和克雷吉的朋友关系。"

"疏远这种朋友是个明智的决定。"冯千阳向孔庭恩竖起大拇指，接着说，"你因为我疏远了克雷吉，但维维安似乎没必要，他们的关系要么一如从前，要么胜似从前，于是我昨天突发奇想，打算观察一下维维安，看看她放学后会不会和克雷吉碰面，没想到有了一个意外收获。"

"不止一个。"孔庭恩吃掉最后一口三明治，然后从书包里拿出一个保鲜袋，袋里装着一支马克笔。

冯千阳愕然地瞪瞪眼："这是什么？"

"犯罪证据。"孔庭恩邀功似的说，"那天我一出现，那几个男孩就急匆匆跑开了，连笔都扔了，于是我捡了起来，其实，如果我们有心追究，大可把这笔交给警察，上面留有作案人员的指纹，当然也有我的，但到时候你可以为我做证，告诉警方我是无辜的。"

孔庭恩小心地把犯罪证据收进书包，然后问："现在人证物证俱在，他们又被你拍了照片，你现在打算怎么做？向琼斯老师告发她？福尔摩冯！"

"必须的！"冯千阳狡黠一笑，"我的脸总不能白白让人画花，不过，我在等待一个时机，现在还不是时候！"

「第六章」维维安的假面

"既然选择了这条路,就要做好被误解的准备。就算今日没有闹出这样的误会,明日也会有别人恶意歪曲。"

 **1**

江一炫事件持续发酵。

他的粉丝委实闹得厉害,孔庭恩连微博都不敢上了,以免影响心情。但不看归不看,该他承受的福祸,怎么都躲不过。

经纪公司正式起诉麦高芬中学诽谤,尽管孔庭恩早已删除那篇没有实锤的报道,但造成了不好的影响也是不争的事实。

一时间,这起校园新闻成了跨国丑闻。江一炫背后的骂声有多高,他的拥护声便有多高,江一炫的人气和关注度空前高涨。同时,在另一个国度默默承受骂名的,是这起丑闻的制造者,孔庭恩。

媒体很快找到那位传说中被欺负的女孩。女孩连忙澄清,她和江一炫是好朋友,江一炫欺负她的事根本不存在,当时他不过是捉弄她,这种玩笑他们时常开,而她之所以转学,也和这事无关,她家人是因为工作原因要到迈阿密,因此她才不得不转学。

讽刺的是,媒体和看客并不真正在乎真相,他们的关注点在于——江一炫的经纪公司要起诉江一炫的母校,江一炫夹在中间,将会如何抉择。

江一炫要如何抉择,冯千阳顾不上,当她从微博看到这则新闻时,心里唯一的念头是,无论如何都要让江一炫撤诉,否则,孔庭恩的麻烦可就大了。

琼斯老师集结新闻AB两组,要召开全员会议,这是第一次跨组会议,由琼斯老师主持,会议地点在老地方,413教室。

A组组员一下课就齐齐赶到,人人脸上都挂着幸灾乐祸的笑容,仿佛今天到场不是为了开会,而是为了看孔庭恩的笑话。

麦高芬中学与国内的中学不同,班级里学生的座位排布都以单排为一组。孔庭恩坐在自己的位置,一言不发,表情冷漠,无视A

组组员投来的鄙夷目光。

冯千阳径直走到孔庭恩身边,为了表示支持,索性推了推旁边的桌椅,与孔庭恩的桌子合并,坐在他的身边就像是他的同桌,二人仿佛回到了中国的校园。

坐下后,冯千阳朝孔庭恩笑笑:"孔组长,万事有我陪你一起承担。"

"不用,我自己能够承担。"他故意堆起嫌弃的表情,"你以为你是谁?你又不是男子汉,我才是。"

冯千阳不由得笑了:"那你要答应我,待会儿不管琼斯老师说什么,千万别哭鼻子好吗?男子汉。"

"哭鼻子?我?"孔庭恩做震惊状,"你对我是不是有什么误会?我是那种会哭的男生吗?你才要答应我,待会儿无论琼斯老师说什么,都不要为我哭鼻子,我真的没工夫安慰你。"

"谁要你安慰啊!"冯千阳白了他一眼。

孔庭恩朝教室门口看了看:"你的另一半呢?还不来?会议快开始了。"

冯千阳故意卖了个关子:"待会儿你就知道了,啧啧啧,会议快开始了。"好戏也快开始了。

冯千阳离开座位,走到A组组员占据的位置,主动搭讪:"你们猜,琼斯老师今天开会,主讲的内容会是什么?"

维维安哼了一声,扭头看向孔庭恩,揶揄道:"前组长,你说,有没有可能B组要与A组合并?"

孔庭恩面无表情:"不会,就算我和琼斯老师乐意,千阳小姐大概有的是法子阻止这种悲剧发生。"

"千阳小姐?"维维安轻蔑一笑,起身走向孔庭恩,"看来你从来没有后悔过。"

"后悔什么？"

"后悔背叛克雷吉。"

冯千阳快步绕过去，恰好挡在维维安和孔庭恩之间，她不慌不忙地拿出手机，向维维安出示自己之前拍下的大合照。照片里，维维安、克雷吉和路人甲同时入画。

冯千阳指指画面里的路人甲：" '薇薇安假面'小姐，没想到你会认识他，你交友还真广泛。"

维维安当然知道冯千阳在控诉什么，她下意识地朝教室门口张望一眼，确认琼斯老师还没来，顿时恶向胆边生："我确实有很多朋友，不像你，你只有敌人，没有朋友。"

"她有我。"孔庭恩一把将冯千阳拉到身后，面色凛然地与维维安对质，"那天，是你的朋友埋伏在礼堂附近袭击了冯千阳吗？他们是麦高芬的学生吗？所以，也是你，在冯千阳的竞选海报上做手脚的吗？你为什么要这么做？"

"因为她不配和我们一起参与竞选，如果不是她，克雷吉不会被开除出新闻小组！"

孔庭恩气结："克雷吉被开除，是因为他报道了不该报道的事。"

维维安冷冷一笑："这样看来，你也该离开新闻小组了，不然对克雷吉不公平。"

因为愤怒，孔庭恩拢起了拳头："我该不该离开新闻小组，由琼斯老师定夺。克雷吉不是我和千阳开除的，你没必要迁怒于她，你身为A组组长，居然做出这种事来！"

"我不这么认为。"维维安摊摊手，一脸无辜，理直气壮，"我不过是和朋友说起，我和克雷吉近来遇到一个麻烦，他们要为我们挺身而出，那是他们的个人行为。"

第六章
维维安的假面

"他们的个人行为?"孔庭恩犀利质问,"他们怎么会知道冯千阳那天要到礼堂?他们看起来不像是麦高芬中学的学生,那天我一出现,他们就急急忙忙地跑出了校门。"

维维安耸耸肩:"这种问题,应该去问他们,如果你能找到他们的话。不过我建议你,有时间还是多想想自己的事,关于江一炫的新闻,你打算怎么办?现在他可是要起诉我们学校。"

孔庭恩顿时噤声,阴森森地瞪着她。

维维安不怒反笑:"怎么了?你怪我?要怪就怪你自己。我不过是告诉你,我听说江一炫好像欺负过女同学,没想到你会这么心急,未经调查就报道出来,呵呵,怕我和你抢新闻?"

维维安上前一步,凑到孔庭恩耳边,却用所有人都听得见的声音说:"你怎么不仔细想想,如果我要和你抢新闻,为什么还要多此一举告诉你?有一点你的千阳小姐说得没错,热搜不能乱蹭,会出事的。如果不是你在新闻上蹭了热门话题,这则新闻造成的负面影响也不会这么大,我就知道,以你的作风一定会坑自己一把!"

孔庭恩不客气地推开维维安,按捺住满腔愤怒,说:"不要离我这么近,你又不是千阳!至于江一炫的新闻,确实是我大意了,如果不是急着抢占报道先机,我就不会犯错,我承认,我很后悔没听千阳的劝告,乱蹭热度确实是很坏的工作习惯。错我犯了,也认了,我不怨任何人,毕竟是我自食其果,正如你对冯千阳做过的事,你也会付出代价。"

维维安不以为然地摇摇头:"你又错了,没有证据怎么能随便指控?就算我承认,我确实认识欺负冯千阳的那几个男生,那也不代表是我唆使他们那么做的。"

冯千阳总算等到自己想要的证词,满意一笑:"所以,维维安,你承认你认识那些男生?"

"是，我认识，他们是我和克雷吉的好朋友。那又怎样？"

忽然间，整个413室安静下来，所有人都屏住了呼吸，生怕喘息声会激怒那位从外头走来的重要人物。

冯千阳朝维维安挤挤眼，指着她身后道："你看谁来了？"

维维安皱着眉狐疑地回头，迎面遇上琼斯老师铁青的脸。朱迪在琼斯老师身后探出头，朝维维安吐了吐舌头。

"维维安，你是不是有事情要向我解释清楚？"琼斯老师严厉地质问。

维维安顿时面无血色。

冯千阳朝孔庭恩使了个眼色，孔庭恩心领神会，连忙从书包里取出物证，递给琼斯老师，解释道："这是当天作案凶手遗留的马克笔，笔上肯定有他们的指纹。"

冯千阳在一旁补充："琼斯老师，近来校园争议多，我又没什么大碍，就不报警了，不过，我希望维维安小姐和她男友克雷吉还有她那些坏朋友能够得到惩罚，要是上了法庭，麦高芬中学怕是要更出名了！"

琼斯老师责备地看了维维安一眼，对冯千阳说："我说过，任何新闻小组组员，包括组长，只要参与了这种事，就要取消竞选成绩，等我了解清楚后，我会给你一个满意的答复，并且会在校园公布。维维安，我想我很有必要联系你的家长，当然还有克雷吉，还有你们那几位好朋友。"

维维安被逮个正着，百口莫辩，急红了眼："琼斯老师，这件事和我无关。"

琼斯老师不耐烦地摆摆手："和你有没有关系，等你父母来学校就知道了。当然……"她扬了扬那支装在保鲜袋里的马克笔，"或者你希望冯千阳报警？就像你的小男朋友克雷吉那样，被她送

第六章 维维安的假面

上头条？"

琼斯老师看看表，对维维安委屈的表情视而不见，自顾自走上讲台，道："近来，新闻小组的一篇报道，引起社会负面影响，还成了国际丑闻，尽管我们已经及时删除那篇报道，但当事人还是决定要起诉校方，我希望你们引以为戒，不要再犯同样的错。事实证明，有些事情远远超出你们的想象，影响也远远超出学校的控制。从今天起，没有实证的新闻不能报道。至于孔庭恩，暂停一切新闻小组工作，还有你，维维安。这段时间，所有校园报道由冯千阳负责主审和校对，社会方面的报道由我主审，冯千阳校对。还有问题吗？"

"有！"冯千阳铿锵应声，问，"琼斯老师，孔庭恩只是暂停一切新闻小组的工作，并不是开除出新闻小组，对吗？"

"对，至少目前是，以后就不一定了，还有问题吗？"

"有……"维维安壮着胆子上前，"琼斯老师，同样是报道不该报道的新闻，为什么孔庭恩只是暂停工作，而克雷吉被开除？"

"是谁告诉你，克雷吉被开除是因为报道了朱迪的新闻？他被开除，是因为他欺负同学，这样的人怎么能当校园记者？"

维维安哑然。

琼斯老师接着说："现在你明白了吗？克雷吉被开除不是因为他没做好记者工作，而是因为他没做好一名学生，有超过二十名学生控诉他勒索、威胁、恐吓，这里是学校，我们要对所有学生负责。我希望你记住这点，不要重复他的错误。是你自己打电话让家长来学校，还是我帮你打？"

维维安低下头："我自己打。"

维维安尾随琼斯老师走出教室后，其他人纷纷朝冯千阳看过来，艳羡和不屑兼而有之。

"真没想到,最后竞选成功的还是你,恭喜你了,头条少女,现在只要你乐意,随时可以把朱迪送上头条,对吗?"

"对,但我不会这么做。"冯千阳回到孔庭恩身边挽住他的胳膊,信心十足,"孔组长很快会复职,你们没必要一副苦大仇深的样子,我一点儿都不想当你们的组长,我现在才知道,当孔庭恩的组员是我做校园记者最幸福的时光。"

"复职?"一名组员不禁嗤笑,"你还真是个乐观主义者。因为他,江一炫要告我们学校,孔庭恩要能复职,除非有奇迹出现。"

"确实会有奇迹,我保证。"冯千阳龇牙一笑。

在场的人只当她是痴人说梦,甚至都不愿意花时间嘲笑她的幻想,陆续离开了教室。

413室又恢复了安静,只剩下孔庭恩、冯千阳和朱迪三个人。

朱迪嘟着嘴走到冯千阳面前,埋怨道:"以后,不要再让我做这种高难度工作,刚刚琼斯老师差点儿没杀了我,居然不让她进教室。"

"我知道你今天是冒着挨训的危险在帮我。"冯千阳忙握住朱迪的手,用力地眨了眨眼,恨不得挤出几滴感动的泪水来。

孔庭恩早憋了满腹疑惑,再也按捺不住,对冯千阳道:"果然是你,你胆子真大,还敢设计琼斯老师!"

"我没有设计她,我不过是让朱迪阻止她进入教室,直到她听到维维安的供词。"

"那关于奇迹呢?你刚刚可是对别人夸下海口,说我很快会复职。"

冯千阳微眯着眼,贼兮兮地笑道:"看来,孔组长你还挺贪恋权势的,你还想继续当这个组长是吗?"

第六章 维维安的假面

"是，不然怎么让你狐假虎威？"

"……"

2

翌日放学，冯千阳直奔413室，找到孔庭恩后，二话不说拉着他往校门走。

孔庭恩一边加快脚步，一边打趣道："你要带我去哪儿？要绑架我吗？"

"是，你千万别报警呀！"

"那你打算利用我勒索多少钱？"

"呃……就你啊，值不了几个钱，两块五，不能更多了，再多我怕你妈妈嫌贵，就不花钱赎你了，到时候我还得花自己的零花钱给你买吃的，划不来。"

"冯千阳，你才值两块五！"

冯千阳回头，朝孔庭恩做了个鬼脸。

她带孔庭恩换乘了两趟公交车，最后抵达柯克兰西面，此处比西雅图市区要安静，空气也更好，或许是因为四周绿油油的，冯千阳总感觉自己走进了一片公园住宅区。

孔庭恩环顾四周，忽而机警起来："这是哪儿？"

冯千阳安抚似的拍拍孔庭恩的肩膀，高深莫测地笑笑："你待会儿就知道了。来，少年，跟我走。"

冯千阳推着孔庭恩，来到一幢褐色别墅前。

孔庭恩皱皱眉，越发忐忑："这是哪儿？"

"这是江一炫父母家。"冯千阳上前按响门铃，无人应门，继而看看时间，道，"看来我们来得太早了，再等等吧。"

冯千阳索性在门前的台阶上坐下来。

孔庭恩驻足在两米之外，不肯再靠近一步，他感到有些恼怒，责备道："你带我来江一炫父母家做什么？"

"道歉。"冯千阳沉声说，"是因为我们的错，才给别人造成困扰，我们难道不应该道歉？我求了琼斯老师很久，她才决定把江一炫父母的住址透露给我。"

"那真是委屈你了！"孔庭恩嘴角抽搐，不屑地笑了笑，"你该不会以为，只要求得江一炫父母的原谅，江一炫的经纪公司就会撤诉吧？"

"撤诉是其次，道歉是我们该做的事！"

"是我该做的事，与你无关。"孔庭恩冷声冷气，面露愠色，"至于什么时候道歉，由我个人决定，谁让你自作主张把我骗到这里来？我不喜欢别人帮我做决定，特别是在这种事情上，就算我要负荆请罪，那也要我本人愿意，而不是被逼迫，被哄骗！"

冯千阳倏地站起，阳光照向她阴沉的脸庞，她迎着光打量不远处那个固执的人，他怎么都不肯朝她走近，明明只需迈出一步，便是海阔天空。

冯千阳气恼不已，索性以退为进："你是不愿意道歉？还是不愿意在这时候道歉？你说得不错，是我多事，关心则乱，自作主张，居然还打着约会的幌子把你哄骗来。对不起，勉强你是我不对，你走吧，道歉这种粗活，哪能让你这种有身份的人来做？我来就行！"

孔庭恩知道她在挖苦他，气得脸色青一阵白一阵，她把他骗来，现在又把他赶走，她当他是什么？

他才不走呢。

他一动不动。冯千阳白了他一眼，催促道："快走，待会儿江一炫的妈妈回来了，你再想当逃兵就来不及了。"

第六章
维维安的假面

说曹操曹操到。

一辆车子停在门口,一名时髦的中年女子从车里下来,看见自家门口有不速之客,不禁警惕起来,走近后才发现两人是学生,不像是记者,又是亚洲人面孔,面色顿时缓和了不少。

"阿姨您好。"冯千阳主动上前用中文打招呼,自我介绍道,"我们是麦高芬中学的学生。请问您是江一炫学长的妈妈吗?"

"孩子们,你们找我有事?进来谈吧。"江妈妈一听是中国人,连忙和善地招呼他们,掏出钥匙开了门,"我刚下班,你们等很久了?"

"不久,就一会儿。"

江妈妈如此友善,倒是让他们出乎意料,冯千阳越发愧疚,扭头看看站在原地的人,朝他招了招手。

孔庭恩仍然一动不动,学着冯千阳的样子朝她招了招手,作势要走。冯千阳快步走过去,不客气地推着他进屋,不容孔庭恩有半点儿退缩。二人在沙发上坐好,俨然一副乖宝宝模样。

江妈妈在厨房里为两位小客人准备曲奇饼和果汁,然后端到茶几上,热情招呼道:"饿了吗?吃点儿点心吧!"

"谢谢阿姨。"孔庭恩不客气地伸手去拿曲奇饼。

冯千阳"啪"一下拍开他的手,冷下脸命令道:"老实点儿,就知道吃!"继而回头,一秒变脸,笑着对江妈妈说,"谢谢阿姨!"

江妈妈催促:"别客气,先吃点儿!"

孔庭恩试探着瞥瞥冯千阳,见她仍然坐得笔直,像个军人似的,便也不敢轻举妄动。

江妈妈皱眉:"怎么不吃?曲奇饼不合胃口?"

"合胃口,但我们还不能吃。"冯千阳敛了笑意,双眸闪烁着

真挚的光，道，"阿姨，我们……要向您道歉。"说着她拉起孔庭恩，向江妈妈恭敬地鞠了一躬，"阿姨，都是我们不好，江学长的新闻是我们写的，是我们没有经过严谨调查就报道出来，导致江学长现在饱受非议，造成了您和叔叔还有江学长本人的困扰，我们知错了，恳请你们原谅！"

冯千阳态度恳切，又鞠了一躬。

孔庭恩见状，便也不敢再逃避，补充道："阿姨，这事儿全怪我，当时是我听信了别人的话，把造谣当成事实，如果我不带话题蹭热度，那篇报道也不至于造成那么大影响，是我的虚荣心作祟，只一心想着博人眼球赚取人气，违背了校园记者的职业操守，我错了，我为我的鲁莽深感懊悔和歉意，希望您和叔叔还有江学长，可以原谅我。我保证，以后发布新闻不会再乱蹭热度了。"

"不，这事儿我也有错。"冯千阳"邀功"似的，与孔庭恩争相认罪，"阿姨，我也是校园记者，当时如果我拦着他，提醒他，他就不会一时冲动犯下这种低级错误。阿姨，请您原谅我们吧，只有您原谅我们了，我们才敢吃曲奇饼。"

话音未落，冯千阳的肚子应景地"咕噜"了两声。

江妈妈不禁笑了："这样看来，我不原谅你们都不行了？"

"不，您当然有权拒绝我们的道歉。"冯千阳耷拉着脑袋，分明一副自知有罪的模样，"但是，江阿姨，我向您保证，以后我们会踏实做事，绝对不像现在这样浮躁。"

江妈妈再次嗤笑出声："我知道你们还只是孩子，理应被宽容对待，难得的是你们都知错了。你们的道歉我接受了。炫炫那边，你们不用担心，我会说服经纪公司撤销控诉。实话告诉你们吧……"

江妈妈放低声音，朝冯千阳和孔庭恩眨眨眼："经纪公司要起

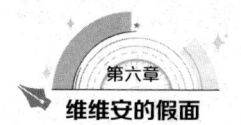

诉，也是醉翁之意不在酒，他们也不过是想趁机炒作，哪里会真的跟你们两个中学生计较？说实话，炫炫既然选择了这条路，自然要做好被误解的准备，就算今日没有闹出这样的误会，明日也会有别人恶意歪曲。你们和他同校，又不是存心要诬蔑他，我想他能够理解的。"

听江妈妈这么一说，冯千阳和孔庭恩都松了口气。

孔庭恩思忖片刻，道："我明白了，阿姨。既然是我犯的错，我本就应该道歉，我会发布一篇字数不少于一千的道歉信，在信里说明事情的真实情况。"

冯千阳忙不迭地补充："还有我，我也会发道歉信。"

江妈妈笑着比画了一个"OK"的手势。

从江家别墅出来后，冯千阳和孔庭恩并肩走在回程路上。二人各怀心事，默默无言。经过第一个公交车站时，冯千阳没有停下，孔庭恩也没有喊住她，一同与她往前走。

夕阳在他们身后倾斜，余晖温和，风也温和，二人格外享受这黄昏的漫步。

良久，孔庭恩缓声开口："明明事情与你无关，你为什么要争着认错？"

"大家是一个团队的，一损俱损，一荣俱荣。"冯千阳笑笑，"这个故事告诉我们，凡事要三思，以后你做错，就等于我做错，明白吗？"

"明白，以后不敢了。"孔庭恩久违地开怀笑了，连风都舍不得吹散他的笑容，无声无息地擦过二人的脸庞，便向远方飘去。

冯千阳像个大人似的抬手摸摸孔庭恩的头："你以为我不知

道,这些天你心里根本不痛快,你以为在我面前假装快乐,我就会信以为真?"

孔庭恩咬咬牙,不服气:"不是我演技差,是你目光如炬,才不受蛊惑。朱迪就没有看出我不高兴。"

"是是是。"

想起维维安的话,冯千阳始终想不通,不经核实就报道假新闻,这很不符合孔庭恩的做派。

"孔组长,你向来严谨,这次怎会这么大意,你当时究竟是怎么想的?真的只是急于抢在维维安之前报道江一炫?"

夕阳红灿灿地投过来,让孔庭恩给人一种脸红的错觉,冯千阳一时慌了神。

他不自在地说:"抢占先机确实是原因之一。"

"那原因之二是什么?"

孔庭恩难以启齿,别扭地盯着路旁的一棵树,避重就轻地说:"总之,你刚才的话也没说错,一荣俱荣,一损俱损,你确实也有错,你道歉也是应该的,毕竟我们是一个团队嘛。"

冯千阳看出他有所隐瞒,上前把他拦下,不给他逃避的机会:"孔庭恩,你最好老老实实交代清楚,因为你的事,我忐忑了好些天,现在事情有了转机,我才能稍微松口气,你还不肯跟我坦白吗?"

她的责备里透着几分关切,孔庭恩定睛看她,发现她黑眼圈有些重,看样子是真放心不下他。

孔庭恩笑眯眯地说:"你担心什么,又担心我哭鼻子?你想多了,姑娘。"

"白眼狼,不识好人心。"冯千阳嫌弃地撇撇嘴,扭头走开。

孔庭恩追上前:"你这翻脸的速度,都可以申报吉尼斯纪录

了,我不告诉你,是因为这件事已经过去了,往事不必回首。"

冯千阳脚下一顿,淡定回头:"往事还是要回首的,万一我错过什么好笑的事呢?"

孔庭恩气结,不禁有些心虚:"确实……是我大意了,为了抢新闻,我没怀疑过维维安的话,毕竟过去她从未出过错,我相信她的能力,也相信她的为人,我是真心把她当朋友看待的,我从没想过她会因为克雷吉的事而打击我,所以才中计了。她知道,对于新闻我绝对不会礼让,也自信我会信任她,而且我一定会蹭热度,才刻意把错误消息透露给我,让我犯错。"

冯千阳欣慰地点点头:"所以,你承认自己犯错了?"

"是,我认错。"某人低下头,做好准备接受批评。

冯千阳说:"既然网友都骂过你了,我就不骂你了,错误要改正。"

"嗯,念在你这双黑眼圈的分上,我就勉强接受你的建议吧。"某人转瞬又昂首挺胸,迈步走了。

「第七章」熊孩子与魔法警官

她竟陪他坐了这么久,仿佛要利用这个黑夜分走他一半的悲伤。就像他曾经在自己的脸上涂鸦,为她分走一半的嘲笑。

1

当晚,冯千阳躺下后,不禁回忆起和孔庭恩初相识时,二人每次见面总是剑拔弩张的样子。她和他的处事作风迥然不同,她瞧不起他蹭热度的做法,他也看不惯她那副我行我素的样子,为此总是变着法子给她添堵,可每次遇险,他都挺身而出。正因为这样,她才愿意与他和平共处,试着忍耐他、包容他、接受他。

经过这么多天的相处,冯千阳发现,自己在不知不觉间与孔庭恩建立了深厚的友谊。曾经她是那么在意组长的位置,现在的她,认为那不过是个虚名,一个团队最重要的是整整齐齐,合作无间。

能结识孔庭恩和朱迪,对冯千阳来说,是西雅图美好的开始。

在得到琼斯老师的允许后,孔庭恩把致歉信发布到麦高芬中学的各个官方号。随后,冯千阳也默契地贴出自己诚意满满的致歉信。

她和孔庭恩毕竟只是高中生,尽管做错了,但胜在认错态度良好,很快便博得了大众的宽容,压下了江一炫粉丝们的戾气。

不久,江一炫的经纪公司便以"江学长不愿过分苛责学弟学妹"为由,撤销了起诉。此新闻一出,江一炫收获了无数赞誉,人人都夸他宽宏大量,有绅士风度,他的风头一时无两。

江一炫的风波过去,孔庭恩的灾难也随之结束。

麦高芬中学校长室发出了两则重要公告:一是批评新闻A组组长维维安,勾结外校学生混进校园,欺负本校学生,现已正式开除出新闻小组;二是赞扬孔庭恩主动承认错误,获得当事人江一炫和江一炫父母的宽容,及时弥补了错失,决定让其复职,担任新闻A组组长,B组组长由冯千阳接替。

经过将近两年的角逐,冯千阳终于和孔庭恩势均力敌。她将成为下学期新闻小组的面试官,考核新的候选人。

第七章
熊孩子与魔法警官

冯千阳志得意满,她许久不曾这么快乐了。

周末,冯千阳陪冯爸爸外出进行"阳光治疗",道格医生说过,多散散步,多晒晒太阳。会对冯爸爸的病情有帮助。

临出门前,冯千阳给孔庭恩发了短信邀请他一块去,他爽快应邀。鉴于冯爸爸在陌生人面前会拘谨,冯千阳便没有带上朱迪。她打算在暑假时,再介绍朱迪给冯爸爸认识。

三个人来到湖边烧烤。仲夏时节,日光炎炎,连湖面飘来的风也带着暑气。

尽管冯爸爸寡言少语,但照顾女儿还是很擅长的,他是个十足的女儿奴,尤其是在来到西雅图之后。照顾冯千阳和冯妈妈,成了支持他必须好好活着的理由。

整个烧烤过程,冯千阳只负责吃,什么忙都没帮上,冯爸爸是烧烤能手,全程忙碌。冯千阳坐在冯爸爸右侧,孔庭恩坐在冯千阳右侧。明明烧烤炉四周有足够的空位,三个人偏要这么挤着坐,在四周的外国人看来,他们是关系亲密的一家人。

冯千阳刚吃完一只鸡翅,冯爸爸便又递过来一串烤肉。冯千阳觉得油腻,吃够了,转手给了孔庭恩。孔庭恩顺手接过,没多想就吃下了。

冯千阳用手肘撞了撞他,贼兮兮地笑道:"我把我爸烤的烤肉给你吃了,你打算拿什么回报我?给我烤串香蕉怎么样?"

"不怎么样,那明明是你不想吃才给我的,你以为我看不出来?哼,想讹我,没那么容易。"

"哼,居然被你看穿了,我就放弃吧。"冯千阳觉着三个人挤一起实在太热,便从中间起来,走到冯爸爸左手边的长凳旁独坐。

"爸,你也吃点儿。"冯千阳劝道。

孔庭恩识时务地从冯爸爸手里接过烧烤叉和烧烤夹:"冯爸

爸,你确实该吃点儿,剩下的交给我,看在你的面子上,我勉为其难给冯千阳烤根香蕉。"

冯爸爸慈祥地笑笑,抬手拍拍孔庭恩的头,道:"那就麻烦你了。你比冯千阳高一届,这个秋天就要上大学了,大学志愿是什么?在西雅图吗?"

"嗯。"孔庭恩道,"我打算考华盛顿大学。"

"有信心吗?"

"当然,我是学霸,成绩不比千阳逊色。"

冯千阳气结:"你成绩好不好跟我有什么关系?就算你期末考试得了个咸鸭蛋,我也不会觉得丢脸,只会觉得好笑。"

孔庭恩拉下脸:"不是说好了,咱俩一荣俱荣,一损俱损吗?"

看着二人互相较劲,冯爸爸乐在其中,笑意又在他嘴角漾开。

不远处不时传来笑声,冯千阳好奇地朝那边看了看,恰好看见一个金发蓝眼的熊孩子。

那熊孩子发现千阳在盯着他看,调皮地跑过来,趁她不注意,狠狠地拽了拽她的马尾辫。

一开始冯千阳并未在意,不承想那熊孩子竟用油腻腻的烧烤叉子三番四次撩她的辫子,每次冯千阳刚要发作,他就连忙跑开。冯千阳无奈,伸手摸摸头发,摸出一片油腻。

熊孩子的家长正和朋友聊得起劲,并没注意到自家孩子在"作恶多端"。

孔庭恩狠瞪那熊孩子一眼,杀气腾腾地走到冯千阳身旁坐下,他已做好准备,只要那熊孩子再来,便好好给他一个教训。

果然,十分钟后,熊孩子卷土重来,这一次,他又有了新花招。

熊孩子在自己手上涂满番茄酱,伸着双手便要朝冯千阳身上

抹。孔庭恩正打算揪住他的衣领把他从地上提起来,冯爸爸抢先一步,及时制止熊孩子,满脸严肃地说:"我是警察,谁要是不懂礼貌,我就要带走他,尤其是小孩!"

熊孩子眼巴巴地看着冯爸爸,奶声奶气地问:"你真是警察吗?如果你是警察,你的枪呢?"

冯爸爸急中生智,指指冯千阳:"她就是枪变的,所以你别再打扰她,她肚子里藏有很多子弹,到时候会伤着你!"

熊孩子不敢置信,惊恐地看看冯千阳,又怀疑地看看冯爸爸:"为什么她是枪呢?她看起来像个人。"

冯爸爸干咳两声,煞有介事:"因为我是魔法警官,我可以把枪变成人,也可以把人变成枪,譬如,我可以把你变成枪。"

熊孩子高兴地拍拍手:"那你试试把我变成枪,可以吗?"

"可以。"冯爸爸从容应对,"但是你要考虑清楚,枪变成人还能变回去,但人变成枪之后就变不回人了,也就是说,只要我把你变成枪,你将永远是枪,你以后也不能吃烧烤、吃雪糕、看电视、玩玩具、打游戏……"

"听起来糟糕透了!"熊孩子凝重地皱皱眉,像个小大人一样,慎重地权衡了半天,道,"算了,我不要变枪了,但你可以表演一个魔术给我看吗?你刚刚说你是魔法警官,你肯定会变魔术。"

冯爸爸本想拒绝,一抬头发觉四周的人正微笑着向他投来期待的目光。

熊孩子的妈妈快步走来,充满歉意地说:"抱歉,这孩子是个麻烦鬼,打扰你们了!"

她说着便要拉走熊孩子,岂料熊孩子十分执着,又失望又委屈地看着冯爸爸:"你说过你会变魔术的,我很想看!"

或许是不想辜负熊孩子的期待,冯爸爸硬着头皮问四周的人:"请问谁有手帕?"

"我有。"

在旁默默围观的一位女士热情地挥了挥手,上前呈上手帕。

"谢谢。"冯爸爸接过,低头煞有介事地对熊孩子说,"你要仔细看好,不要错过任何精彩的瞬间,哦,对,要抓好细节!"

冯爸爸拿起纸杯,背着熊孩子在杯底戳开了一个小孔,随后装模作样地翻转纸杯,向熊孩子证明纸杯是空的,然后挥了挥手帕,趁熊孩子不注意,将手帕塞进纸杯,然后朝熊孩子摊摊手掌,骗他说手帕不见了,然后对着纸杯煞有介事地用中文念道:"一一得一,一二得二,一三得三……然后通过小孔,慢慢抽出手帕,淡定地向熊孩子扬了扬,大功告成!

熊孩子瞪大了眼认真看着,由衷地惊叹:"好厉害!简直难以置信!"

四周的人为了配合冯爸爸,都默契地一起演戏,佯装惊喜,纷纷鼓掌。

"太精彩了!"

"真幸运,这是我看过的最棒的魔术表演!"

……

"谢谢你们。"冯爸爸难为情地笑了笑,低头问熊孩子,"我表演完了,刚刚你有仔细看吗?"

熊孩子点点头,好奇问:"刚刚你对着纸杯念的是什么?咒语吗?"

"是,"冯爸爸说,"所有魔法师,都会咒语,这是我们的拿手好戏。"

熊孩子彻底被驯服:"你能教我吗?"

第七章
熊孩子与魔法警官

冯爸爸忍不住笑了,伸手捏了捏熊孩子的小脸蛋:"可以,但我是中国来的魔法警官,你要想跟我学习魔法,得先学会中文,这样才能学中文咒语。"

"好。"熊孩子虔诚地点点头,认真得就像他明天就会报读中文兴趣班一样。离开时,他依依不舍地看着冯爸爸,仿佛冯爸爸会一直住在他的回忆里,成为他回忆里一个了不起的人物。

踏上归程时,冯千阳明显感觉到爸爸的情绪前所未有地好。

刚刚发生的一切她始料未及,她没想到爸爸会为了满足一个孩子的小心愿,在那么多人面前即兴发挥一个笨拙的魔术表演;她没想到四周的人竟那么友善平和,为了哄一个孩子高兴,默契地用掌声和赞美配合爸爸的演出,这样的善意弥足珍贵;她最没有想到的是爸爸不过是实现了一个孩子的小小愿望,却找回了久违的成就感和满足感。

此时此刻,爸爸满心愉悦,连眼睛都在微笑,车里的气氛前所未有地欢快。

"爸,你今天开心吗?"

"当然开心!"冯爸爸笑说,"你呢,你开心吗?"

"开心!"冯千阳也笑说,"我为你感到开心!"

"那庭恩呢?"冯爸爸透过后视镜瞥了孔庭恩一眼,"你玩得开心吗?"

"开心!"孔庭恩与冯千阳对视一眼,回头看向前方,羡慕地说,"千阳有你这样有爱心的爸爸,真好!"

冯千阳和孔庭恩已不在同一个新闻小组,因此他俩在工作中的交集自然不比从前多。二人忙着各自的报道,互不干扰,却又暗

中关注着对方，不甘落后。比起自己的新闻，他们更关心和在意对方的报道。

冯千阳从没想过，自己会成为孔庭恩的报道对象。

周一回到学校，冯千阳刚走进教室，书包都没放下，便看见朱迪气鼓鼓地跑来，分明一副算账的模样。

她质问千阳："你这个周末是怎么过的？"

冯千阳不假思索："我和爸爸外出烧烤了。"

"你确定？"朱迪发出警告，就像在说"我再给你一次机会，坦白从宽"。

冯千阳意识到她很不高兴，皱皱眉问："怎么了？"

朱迪拿出手机，打开校园网页，酸溜溜地道："你带孔庭恩去烧烤却不带我！你是不是背着我和他谈恋爱了？还见家长了？"

冯千阳霍然跳起："没有的事！你在想什么？"

"那你为什么不带我去，只带孔庭恩？他和你爸爸很熟？"

"你误会啦！"冯千阳解释，"我爸爸在陌生人面前会很拘谨，孔庭恩和他见过，他们俩人很聊得来，所以我才……"

"我知道。"朱迪撇撇嘴，恼火并未就此消去，连珠炮似的说，"你爸爸有抑郁症，平时不喜欢与外人接触，可是，既然他能在熊孩子面前表演魔术，还会因为我而紧张？你带你爸爸和孔庭恩外出进行阳光治疗，怎么不顺便也带上我？我虽然没病，但我也需要阳光啊！"

冯千阳彻底无语。她万万没想到朱迪会对爸爸的情况了如指掌。这时她才想起，今天早晨还没看孔庭恩的专栏。

他居然对周末的烧烤活动进行了详尽地报道。

孔庭恩用文字生动地陈述了冯爸爸表演魔术的每个细节，以及四周的人给予他的善意配合，文中还透露冯千阳多么为爸爸担心，

最后表示自己很羡慕这样的父女情。

快速读完孔庭恩的报道后,冯千阳气不打一处来,她甚至没来得及查看评论,扭头就冲出教室,直奔413室。

快上课了,孔庭恩看见她出现在教室门外时,略感意外,不等她召唤,便急切抬步往外走。走近后才发现冯千阳面露愠色,看样子她急着找他可不是为了聊天,难道是因为那篇校园报道?可报道上并没有任何一个不利于她的字眼啊?

"你为什么要报道我爸爸的事?"冯千阳劈头盖脸地质问。

孔庭恩默默地看了她一眼,略感不安地问:"报道内容有什么问题吗?"

"有!我并没有同意你报道我的家事!"

"你并没有同意?"孔庭恩甚是不解,"冯千阳,你也是校园记者,你哪一次报道经过当事人同意?"

冯千阳语塞。

孔庭恩接着说:"这次关于冯爸爸的报道,我措辞很严谨,就是怕会伤害到你,更怕伤害到冯爸爸,你没有发现吗?我的这篇报道很纯粹,没有带话题,也没有蹭热度,我以为你会理解我的用意。"

"我不能理解!"见他一副理所当然的态度,冯千阳越发恼怒,"你怕伤害我?你才不怕!你已经伤害我了!你明知道我爸有病还报道他,你有考虑过他的感受吗?没有什么比新闻报道更让他抗拒的了!你这么做,等同于告诉全世界,我爸有抑郁症!我爸的同事会怎么看他?你在报道之前,有没有想过我爸的处境?抑郁症患者都很介意别人知道他们的病情的!没错,我知道一个校园记者有权利这么做,但身为一个朋友,你不应该这么做!孔庭恩,你以后再也不是我的朋友了!"

冯千阳愤然转身走掉。

孔庭恩默默目送她走远，垂下头，心里说不出地难受。

他又做错了，是吗？她不会原谅他了，是吗？

孔庭恩不敢再往下细想，上课铃已经响了，他的双腿却不听话地朝冯千阳追去。

冯千阳没回教室，她急匆匆跑出了校门。

打从江一炫事件后，爸爸便关注了麦高芬中学在各个社交平台的官方号，现在他说不定已经看到孔庭恩的报道了，万一他情绪失控怎么办？万一他的同事用异样的目光看他怎么办？

冯千阳一秒都不敢耽搁，心急如焚地赶到公交车站，不经意间回头，发现孔庭恩竟追了出来，她又生气又意外。

"已经上课了。"她提醒他。

"我知道，但你跑出来了，我就跟着跑出来了。"

"跟着我做什么？"

"怕你情绪激动做出什么出格的事来，我还是盯着点儿比较好。"

"我不会做出格的事，你放心。"

"我不放心，信不过你。"

"……"

上公交车后，孔庭恩特地选了冯千阳身后的位置落座，她正在气头上，他怕自己会碍了她的眼。二人一路无话。

公交车恰好停在冯爸爸公司门口，冯千阳心急火燎地往里飞奔，仿佛身后捆着一支火箭。

前台接待员及时喊住她，笑容可掬地问："小姐，请问你要找谁？"

这是冯千阳第一次来到爸爸的公司，冯爸爸的办公室具体在哪

第七章 熊孩子与魔法警官

一层哪一间,她也不太清楚。

孔庭恩追了上来,责备道:"跑这么快,不知道的人还以为你身后有杀手呢!"

他没给冯千阳翻白眼的机会,转而用一口地道的美式英语问前台接待员:"我们要见冯秋盛冯先生,这是他女儿。"

孔庭恩指指冯千阳,然后又指指自己:"我是他女儿最要好的朋友。我们找冯先生有非常紧急的事!"

冯千阳气得肠子打结,都什么时候了,他还有闲心开玩笑。

前台接待员禁不住笑出声,打量了冯千阳一眼,善解人意道:"看样子你真的很着急,一定是发生什么事了吧?你们跟我来,我带你们上去。"

冯千阳与孔庭恩跟着接待员进入电梯间,直达11楼,然后跟着接待员走过长长的走廊,穿过一个坐满了人的大办公区,最后停在一扇黑门前。透过房间的落地玻璃,冯千阳猜测这里可能是会议室,爸爸大概在开会。

"你们在这里稍等片刻,我进去看看。"

接待员稍稍整理了西装裙,叩了叩会议室的门,走进去对里头的人说:"秋,外头有两位天使在等你,看样子很急。"

透过门缝,冯千阳看见冯爸爸正坐在会议室靠前的位置,他朝门口张望一眼,恰巧与她对上视线。

冯千阳不愿打扰爸爸工作,连忙走到会议室门口,道:"天使不急,爸爸可以先开会。"

会议室顿时传来一片笑声。

爸爸与身旁的男子简短地交谈了几句,得到允许后快步走出了会议室。他今天穿了一件款式简单的黑西装,淡蓝色衬衫,没有打领带,但冯千阳觉得这样的爸爸简直帅呆了,如果他愿意多笑一笑

就更完美了。

"爸!"冯千阳迎上前。

爸爸亲昵地拍拍她的头,又看看孔庭恩,奇怪地问:"现在是上课时间,你们两个怎么会跑来?"

孔庭恩摊摊手:"她非要来,因为放心不下你。"

爸爸愣了一下,视线在冯千阳和孔庭恩脸上来回徘徊,很快弄明白了:"千阳非要来,因为她放心不下我,你非要来,是怕她控制不住自己,情绪崩溃吗?"

孔庭恩诚实地点点头。

爸爸笑着问千阳:"发生什么事了?"

"爸……是这样的……呃……"冯千阳有点儿难以启齿。

她该怎么告诉爸爸,他带给那个孩子的魔术表演似乎戳中了孔庭恩的某条神经,他已经将烧烤当天的经历和全世界分享了,顺带着揭了他老人家的底?

看样子,爸爸还不知道孔庭恩的报道。

冯千阳埋怨地瞪了孔庭恩一眼:"你坦白吧!"接着一把将孔庭恩推到爸爸面前,"爸,罪魁祸首在此,你听他的告解和忏悔吧。"

"……"

孔庭恩有口难言,碰上冯爸爸慈祥的目光后,他更内疚了。尽管他知道自己的报道充满了真情,但他确实忽略了冯爸爸的感受,他当时并没有去细想冯爸爸会不会介意,他只想表达和抒发自己对这种父女情的艳羡。

见俩孩子支支吾吾,冯爸爸暗暗好笑:"你们焦急地跑来把我从老板身边叫来,现在又一个字都说不出来?那我替你们说好了!"

第七章 熊孩子与魔法警官

冯爸爸再次看向冯千阳，伸手拍拍她的肩膀，放缓语气道："是因为那则校园新闻吗？"

"爸，你早就知道了？"冯千阳诧异地瞪大眼睛。

冯爸爸点点头。

"你不介意？"

冯爸爸掏出手机，登录推特，找到孔庭恩写的那篇报道，打开了评论栏："在读完了这些评论之后，我还有什么好介意？"

冯千阳接过冯爸爸的手机，这才抽出工夫查看评论，没想到评论栏里全是鼓励冯爸爸的声音，还有不少人赞扬冯千阳是个懂事有爱的好女儿。

冯千阳不敢置信，余光瞥了瞥孔庭恩那张无辜的脸，难道自己错怪他了？可他不考虑冯爸爸的感受就将他的情况报道出来，终究不是一个朋友该做的。

"爸，这会给你带来不好的影响吗？你的同事还有你老板……"

"是的，他们今天都知道了。"冯爸爸安抚似的朝冯千阳笑笑，他淡定的态度无异于给冯千阳吃了一颗定心丸，"在美国，见心理医生是稀松平常的事，同事知道我有抑郁症后，都明白我之前为什么那么寡言内向，从不参与公司聚会了，起初他们还以为我是'妻管严'呢，背地里可没少说你妈妈坏话！现在一切谜题都已解开，那篇报道让我节省了解释的工夫，而且他们再也不会勉强我参加社交活动了……他们现在都很羡慕我有你这样的天使女儿，这全是庭恩的功劳，我想你应该多谢他，愿意为了我这么用心地写这篇报道。"

冯爸爸的反应完全出乎冯千阳意料。她忽而有点儿难为情，早知道在学校就不冲孔庭恩发脾气了，瞧他，现在分明一副沉冤得雪

的嘴脸……

见冯爸爸没有责怪他，孔庭恩感到十分庆幸："冯爸爸，您没事就好，您没瞧见千阳在学校那副气急败坏的样子，恨不得废了我的手，让我这辈子都不能再写新闻报道了！不过我也理解，她就是太紧张你了，怕你脆弱，风一吹就倒！"

"我爸才不会风一吹就倒呢！"冯千阳又懊恼又委屈，"你不会明白我的感受的！"

"你这么确定吗？"孔庭恩不以为然。

冯爸爸不禁陷入沉思，他正仔细琢磨孔庭恩的话，不时瞅一眼冯千阳，感慨地叹息一声。

"爸，怎么了？"

爸爸笑笑，语重心长地说："我明白你为什么从学校跑来，你放心，我说过我能照顾好自己就一定能做到！现在就算是龙卷风我也不再畏惧了。我是时候走出来了，这些日子辛苦你了。"

说着，冯爸爸看向孔庭恩："庭恩，如果不是你，我可能到现在都没发觉，我家丫头竟这么为我着急，看来这两年我的表现实在太差，以至于我的女儿都把我当成风一吹就倒的病秧子了。"

冯千阳不由得动容，眼角控制不住地有些潮湿，她抬手抹了抹，别转脸不愿让孔庭恩看见她的脆弱。

是啊！这两年来，爸爸的表现实在太糟了，以至于她渐渐相信他再也无法做回他自己。她一直盼着他能好起来，没想到这一天突然就来了。

冯爸爸张开双臂抱了抱冯千阳，然后把她推到孔庭恩身边："交给你了，带她回校，其余的事等到家了再说，不用担心我，我现在很好！"

"你要一直好下去。"冯千阳道。

冯爸爸郑重地点点头:"我会为此全力以赴!"

冯千阳和孔庭恩翘了一上午的课,好在老师读过孔庭恩的报道,没有追究他们翘课的原因,但予以了严重警告,告诫他们下不为例。

当天放学,朱迪拒绝与冯千阳一起去车站,理由是她还在生气,她斥责冯千阳有了男朋友就不要好朋友了,用中文说就是"重色轻友"。

不管冯千阳怎么解释,自己和孔庭恩真的不是那种关系,朱迪就是不信,撇下冯千阳气鼓鼓地走了。

冯千阳无奈,决定等朱迪气消了,再找她道歉。

冯千阳到家时,冯妈妈已经回来了,她今天心情分外好,一边准备晚饭一边哼着歌。

妈妈有一头短发,因为坚持健身,身材很苗条,肚子上没一点儿赘肉,这使她看起来比实际年龄要年轻许多。

冯千阳好奇地朝厨房探头:"妈,现在的你欢快得像只黄鹂,今天有什么好事发生吗?"

"是啊!"妈妈回头一笑,说,"你爸中午给我打电话,要我早点儿回家做饭,说他要吃以前最爱吃的土豆炖排骨。你知道吗,这是到美国之后他第一次点菜,我当然要满足他!"

冯千阳看着冯妈妈忙碌快乐的样子,不由得鼻子一酸,上前拥住她。

"妈……"

妈妈一愣:"怎么了,别这么腻歪,你已经长大了!"

冯千阳不肯松手,反而把妈妈抱得更紧了:"妈,这些日子辛

苦你了!"

"不辛苦,辛苦什么!"

"你以为我不知道?每次爸爸情绪不对,你就躲到厨房里哭,哭完了又装成没事人似的回房安慰爸爸。"冯千阳松开手。

妈妈怔了怔,正在切葱的手不由得一顿,假装生气道:"没想到,被你看穿了!"

冯千阳被冯妈妈这副表情逗笑,恰在此时,门铃声响。

"肯定是我爸回来了。"冯千阳雀跃地要去开门。

妈妈及时拉住她,小声叮嘱:"刚刚你说的,绝对不能让你爸知道,不然他会自责的。"

冯千阳比画了一个"OK"的手势,快步走去开门时,忽而想起,爸爸明明有家里钥匙,为什么要按门铃呢?

打开门,孔庭恩神色忐忑地站在门外,怀里捧着一个相框,他的车停放在路边。

冯千阳惊呼道:"你怎么来了?"

"想见你,就来了。"孔庭恩神色阴郁,一丝哀伤在他的眸子里漾开。

冯千阳无法视而不见,退到一侧:"你要进来吗?"

孔庭恩摇头:"你能出来吗?"

冯千阳毫不犹豫地迈步出去,顺手带上了家门。

孔庭恩在门前的台阶上坐下,然后把怀里的相框递给她。冯千阳接过来一看,这是一张全家福照片。

照片里有四个人,一个年纪约莫十岁的女孩,一个年龄与冯爸爸相仿的中年男子,其余两人是孔庭恩和孔妈妈。

冯千阳想,拍下这幅全家福当天,必定是个阳光明媚天,否则又怎么能照亮他们每个人的笑脸?这么看来,孔庭恩的家庭一

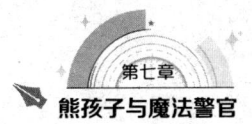

定很幸福。

"原来你还有个妹妹?"冯千阳好奇地问。

孔庭恩点点头。

冯千阳把照片归还:"我好像从没听你谈起过她。"也没听他谈起过他的父亲。

孔庭恩苦涩地笑道:"我妹妹也有抑郁症,平时不大爱说话,也不大爱出门,就像冯爸爸一样。"

什么?

冯千阳震惊了,愕然瞪瞪眼,沉默了半天,才缓声开口关切地问:"你妹妹……是怎么患上抑郁症的?"

孔庭恩低头看着全家福,指尖挪到孔爸爸的脸庞,停留了许久,沉声道:"我爸因车祸去世了,当时她也在车上,也许是我爸把所有的幸运都给了妹妹,她才幸免于难,虽然受了重伤,好歹活了下来。我爸向来是个谨慎的人,开车一向很小心,只可惜,那天是对方醉驾。"

冯千阳心口一紧,脑袋顿时一片空白。

此时此刻,此情此景,她找不出一句可以宽慰孔庭恩的话。冯千阳觉得,这时候不论自己说什么,都显得苍白无力。

爸爸去世,妹妹抑郁,这些年,孔庭恩是怎么挺过来的?孔妈妈又是怎么熬过来的?

冯千阳伸手握住孔庭恩的手,许是她的掌心太过温热,融化了他心中最后一点儿坚强,他再也抑制不住,任由泪水掉落,漫湿了照片里的人。

他的泪轻而急,像极了西雅图的雨。冯千阳拢了拢掌心,更用力地握紧他的手。

孔庭恩不停地用手擦拭相框,生怕泪水会冲走孔爸爸留下来

的笑脸。

冯千阳道:"没关系的,你爸爸的笑容很珍贵,你的眼泪也很珍贵,你不要担心,孔爸爸的笑容会一直留在那里,但愿你的笑容,也是。"

"只要你想看,我随时都可以笑。"为了印证自己的话,孔庭恩马上挤出一个笑容,发现眼角仍闪着泪花,下意识地伸手抹了抹眼泪。

冯千阳再次紧紧握住他的双手,这一次,她没有再放开:"我不想看你笑,现在你可以不用笑,我可以陪着你哭。"

"那我就再给你哭一个。"孔庭恩戏谑道,低下头,继续无声地垂泪。

冯千阳信守承诺,在一旁默默陪伴,没有打扰他的悲伤。她悄悄回头朝家里望一眼,发现妈妈正站在窗边,朝冯千阳比画了一个手势,示意她带孔庭恩进屋。

冯千阳摇摇头,也比画了一个手势,示意妈妈千万别在这个不恰当的时候走出来。冯妈妈心领神会,随即拿起手机拨打电话。

冯千阳猜想,妈妈肯定在给爸爸打电话,担心他回来得不是时候,打扰到他们。好在她家的房子有前后门,爸爸可以从后门进屋。

冯千阳不知道就这么陪着孔庭恩在家门前坐了多久。夜幕降临,她抬头看了看夜空,几点星星洒下微光,仿佛它们也在试着感受世间的忧愁。

良久,孔庭恩缓缓抬头,眼睛又红又肿,他将相框扣到双膝上,挡住了孔爸爸的笑脸,道:"冯千阳,我说过,我能理解你的感受,这不是一句空话,现在你信了吗?我曾经也有爸爸。"

最后一句话,令冯千阳心口一痛,她低下头,感到万分愧疚。

第七章
熊孩子与魔法警官

"对不起!真的对不起,是我公私不分,是非不分,是我错怪了你,对不起,真的对不起……"

"你不用道歉。"孔庭恩摆了摆手,"我只是想告诉你,我说我能理解你的心情,这不是一句空话,因为我也痛过,我比你更痛,并且还在痛。"

冯千阳的睫毛微微颤动,连它们也动容,她拍拍孔庭恩的肩,想要给他力量。

孔庭恩低着头,眼泪慢慢流干了,止住了,但他的痛苦不肯休眠,像黑洞似的吞噬着他的心。

他轻声道:"烧烤那天,冯爸爸为了帮你赶退熊孩子,笨拙地表演了一个魔术,他虽然不爱说话,不善于表达,但他看你的眼神充满父亲的慈爱。从前,我爸爸也有一双这样的眼睛。那天回家后我一直没有睡着,我感触很深,总想起烧烤时的情形,所以才决定写下那篇报道。我承认忽略了冯爸爸的感受,很抱歉,希望你不要怪我。这大概是我在麦高芬中学最后一篇报道了。这篇报道,我想写我喜欢的人、我憧憬的事。我要上大学了,允许我任性一次好不好?"

"好。"冯千阳哽咽了一下,泪腺终于绷不住,在眼眶决堤,"孔庭恩,我不怪你了,你别往心里去。你可以任性,不止这一次!"

"你在学校里指责我不是一个好朋友,顶多只是一名好记者。"

"当时是我太急躁了,你别往心里去,对不起,我现在很肯定你不只是一名好记者,还是一个好朋友。"冯千阳拍拍孔庭恩的背,试图抚平他内心的伤痛。

孔庭恩的情绪缓和了不少,他没想到自己竟会在冯千阳面前这

般失态,而她竟陪他坐了这么久,仿佛要利用这个黑夜分走他一半的悲伤,就像他曾经涂鸦了自己的脸,为她分走一半的嘲笑。

见孔庭恩渐渐平静下来,冯千阳暗暗松了口气,看着天色已晚,便邀请他去家里吃饭:"我妈做了好吃的,你吃完晚饭再走吧?"

"不了,"孔庭恩抱着相框起身,拍拍身上的灰尘,"我回家了,谢谢你陪我,也谢谢你理解我。"

话音未落,门开了,冯爸爸走出来,上前拍拍孔庭恩的肩膀:"孩子,留下来吃饭吧,吃完我送你回去。"

"不了,我要回去了,妈妈和妹妹还在家里等我。"孔庭恩说。

冯爸爸没有再勉强,陪着孔庭恩走下台阶,拉开车门时,冯爸爸张臂抱了抱孔庭恩,道:"以后欢迎你随时来,可以来找冯千阳,也可以来找我,我正好缺一个干儿子呢。"

孔庭恩愣了愣,默了默,迟钝地点点头:"谢谢叔叔。"

冯千阳站在台阶上看着他们俩,心里感慨万分:受过伤的人,更懂得如何善待受伤的人。爸爸竟也能开始安慰别人了!

「第八章」芬克叔叔的汉堡

　　有时候,孩子们从彼此身上得到的安慰,远比从长辈那里得到的安慰要多,因为孩子更懂得孩子的脆弱。

1

难得周末，冯千阳吃过午饭后又饱饱地睡了个午觉，醒来时已临近傍晚。

睡得太多反而觉得分外困乏。她打着哈欠走向厨房，本是想取一听可乐清醒清醒，听见客厅里传来笑声，便好奇地探了探头。

客厅里坐着三个人，爸爸她当然认得，孔庭恩她也认得，那个陌生的女孩她不认得！不对！孔庭恩怎么会在她家？

她一露脸，三个人的谈话声便戛然而止，齐刷刷看向她。

冯千阳不明所以，低头看看自己，苍天，她竟然还穿着睡裙！在孔庭恩面前！

孔庭恩似乎从她脸上读出了羞愧，目光灼灼地看着她："嗨，千阳小姐，下午好。"

"一点儿也不好！"冯千阳经不住孔庭恩如此戏谑，扭头朝卧室飞奔。

她三下五除二换下睡裙，然后套上T恤和牛仔裤，整理好面部表情后，昂首挺胸地回到客厅，劈头盖脸地问孔庭恩："你怎么来了？"

"我妈出差了，这几天只有我和我妹在家。我想着反正再也不能蹭热度了，蹭顿饭总是可以的吧？况且冯爸爸说过，我想来随时都可以来，于是我就试试这个承诺是不是真的！"

这厮蹭个饭都能这么理直气壮……

冯千阳好奇地看了看孔庭恩身边的腼腆女孩。

"这是我妹，孔谊恩。小谊，跟这位小姐姐打声招呼，你别怕，她只是嗓门大，心地特别好。"

"……"

孔氏一家个子都很高。孔谊恩明明比冯千阳小两岁,可比她高出半个头。或许是因为深居简出,她皮肤比孔庭恩还要白,清秀的面容透着一种病态,颇有几分我见犹怜的气质。冯千阳走近她时,不自觉地放低了声音。

"妹妹,你好。"冯千阳堆起满脸笑意,"你不要误会,我对你哥哥向来都是这副样子。我很欢迎你,希望你以后常来。"

孔谊恩稍一抬头瞥她一眼,又迅速低下头去,局促地挪了挪身,更挨近孔庭恩。

冯千阳想,一定是陌生的环境使她拘谨,所以她才更加依赖哥哥。

孔庭恩亲昵地摸摸妹妹的脑袋:"你不是一直对这个姐姐挺感兴趣的吗?她就是那个为了保护朋友用消防水带赶退敌人的人,她很厉害的!以后你到麦高芬上学,如果有人欺负你,可以找她。有她照顾你,我很放心!"

"你妹妹也要到麦高芬上学了?"冯千阳喜出望外。

孔庭恩点点头:"是呀,等到了秋天,她就是麦高芬中学的学生,到时候就拜托你了。"

"没问题。"冯千阳心不在焉地回复一句,莫名有些感伤。到了秋天,孔庭恩就是一名大学生了,以后在麦高芬中学,就再没人和她斗气,也没有人护送她回家了。

以后,再不能经常与他见面,上了大学后,他会忘了自己吗?

如此一想,冯千阳又气恼又失落,暗暗下定决心,如果他敢忘了自己,她就把他所有的联系方式都拉黑!

彼时,冯爸爸从茶几上拿起一个信封递给冯千阳:"庭恩今天来,其实是来报喜的。"

冯千阳接过信封,取出信件打开查看,是华盛顿大学的录取通知书。

这本是件值得庆贺的事,冯千阳的心情却欢快不起来。她将录取通知书叠好放回信封,然后归还孔庭恩,淡淡说了声:"恭喜你。"

"谢谢。"孔庭恩将信封收进背包。

冯爸爸拿起车钥匙,坚持要请孔庭恩吃顿大餐庆祝一下。孔庭恩也不客气,高高兴兴地答应了。一路上,冯爸爸负责开车,孔庭恩坐在副驾驶,孔谊恩和冯千阳坐在后座。孔谊恩很沉默,冯千阳心里有事,也没心思和她聊天,迟疑了半晌,决定给朱迪发条短信:

暑假要来了,外头那么热,你的恼怒融化了吗?孔庭恩拿到华盛顿大学的录取通知书了,我爸爸要请他吃顿好的,你要来吗?

这阵子,朱迪一直生闷气,不仅拒绝和冯千阳一起回家,偶尔在校园里碰到,还装没看见她。

几次下来,冯千阳觉得朱迪有点儿小题大做,便也不再贴冷板凳,二人就这么陷入僵局。

暑假将至,冯千阳可不愿意窝着一肚子闷气度过一整个夏天,她希望朱迪也有这觉悟,不要再胡闹了。

孔庭恩不时地回头看看后座两位沉默的女孩,妹妹一向都很安静,可冯千阳分明在想别的事情,此刻正盯着手机出神呢。

她究竟在想什么呢?刚才看了他的录取通知书后,她也不过是礼节性地表示了祝贺,而他期待的其实更多,一个拥抱和一个承诺。

第八章 芬克叔叔的汉堡

　　华盛顿大学是西雅图乃至整个华盛顿州最好的大学，如果冯千阳不愿意离爸妈太远，那华盛顿大学无疑是她的最佳选择。

　　孔庭恩以为她会傲娇地跟他叫嚣，命令他在大学里等她。可是她没有，她的祝福毫无温度，敷衍冷淡，这使他有点儿失望。

　　本该高兴的日子，车里的人却各怀心事。冯爸爸察觉到女儿和孔庭恩都不在状态，不禁有些担心，通过后视镜，他发现孔谊恩一直盯着窗外，她似乎很喜欢这样看风景。从孔庭恩口中，他知道孔谊恩也患有抑郁症，不禁对这个小女孩充满怜惜。

　　"小谊，你以后到了麦高芬中学，可以多找千阳姐姐玩。"冯爸爸和善地说道，"你也可以跟千阳姐姐一起来我们家吃晚饭。你哥要上大学了，以后会很忙，就算能每天回家，能陪你的时间也比现在少。你妈妈又是律师，平日工作忙。"

　　孔谊恩飞快地瞥了眼冯千阳，没有说话。

　　冯千阳捕捉到她的小表情，朝她笑笑："你为什么不肯对我说一个字，你不是喜欢我吗？"

　　孔谊恩绷着脸，不肯开口。

　　冯千阳伸手捏了捏她的脸蛋，孔谊恩顿时满脸通红，害羞地低下头。

　　冯千阳道："反正我很喜欢你，以后如果有谁欺负你，你一定要告诉我，我会保护好你的，你可以把我当成是你的姐姐，正好我一直都想要个妹妹。"

　　孔谊恩点点头。车窗外，一间快餐店吸引了她的注意力，车子明明走远了，她还情不自禁地扭过头去，看着它在视线里

渐渐变小。

冯千阳扭头，循着孔谊恩的目光往后张望，勉强能看清那家快餐店的名字——芬克叔叔的汉堡。

"爸，掉头回去。"冯千阳冷不丁地说。

冯爸爸没有迟疑，一边亮起车灯转方向盘，一边不慌不忙地问："什么东西落家里了吗？"

"没，我和小谊想吃汉堡，芬克叔叔家的，可以吗？"冯千阳朝孔谊恩眨眨眼。

孔谊恩高兴地点点头，破天荒地开口说话了："嗯，我想吃芬克叔叔家的汉堡！"

孔庭恩忍不住回头，先看看妹妹，再看看冯千阳，感叹："不愧是记者，洞察能力强，一下就抓住了我妹的少女心思。"

"多谢你的夸奖。"冯千阳干巴巴地说，说不上为什么，这一晚，她对他就是热情不起来。

彼时，手机来了信息，朱迪回复说：*告诉我地址*。

冯千阳吁了口气，赶紧将定位信息发给了朱迪。

推开快餐店的玻璃门，冯千阳一行人走进一个粉橙粉橙的店里。芬克叔叔的汉堡装潢风格是暖萌系的，难怪孔谊恩会喜欢。孔谊恩个头高，很容易让人忘记她还是个孩子。

买好了汉堡套餐，冯千阳选了个靠近门口的位置，朱迪一进门就能看见他们。

"朱迪！"冯千阳倏地跳起，兴高采烈地飞奔而去。

瞧见她这副热情又期待的样子，朱迪不自在地笑了笑，忽

第八章
芬克叔叔的汉堡

而意识到自己之前未免太过小气，难为冯千阳没跟她计较，冷战了这么久，她对自己还是这么热情。

朱迪挠挠头，努努嘴，说道："我还以为你一整个夏天都不会联系我呢！"

冯千阳翻了翻白眼："是我的问题吗？是你的问题好不好？我在学校和你打招呼，你都不理我，至于那么生气吗？"

"当然，"朱迪委屈地说，"你是我最好的朋友，除了妈妈，我最喜欢最信任的人就是你了。"说及此，她放低声音，"就算孔庭恩很优秀，是个不错的朋友，还是个组长，你也不能因为他而和我疏远啊。"

冯千阳气结："我没有。"

"你没有？除了我，你联系得最多的人，是他，没错吧？"

这是个坑，冯千阳可不愿意跳，索性沉默。

二人重归于好，冯千阳亲昵地拉着朱迪到饭桌旁坐下，她早已给朱迪点好了套餐。

"这是我爸，这是孔庭恩的妹妹，孔谊恩。"冯千阳介绍道。

朱迪热情地和大家打招呼，冯爸爸笑着表示欢迎，他的手机突然响了，便起身走出汉堡店接听。

孔谊恩信奉"沉默是金"的准则，一言不发。朱迪的出现令她更加拘谨，她看出冯千阳很喜欢朱迪，生怕自己会妨碍二人聊天，便稍稍挪动椅子，打算拉远一点儿和冯千阳保持距离。

她的一举一动全被冯千阳看在眼里。冯千阳伸手搭住椅背，笑眯眯地说："桌子就那么大，你能跑去哪儿？坐过来，

离姐姐近一点儿。"

孔谊恩连忙停止挪动的动作,她没有向冯千阳靠近,但也没有再刻意退避。

冯千阳有意与她较劲儿,见她浑身紧绷,别扭地低下头,索性把脸凑过去:"你不肯离我近一点儿,没问题,我愿意朝你走一百步,我只是更希望你可以主动向我迈近一步。"

对付冯爸爸,冯千阳没有办法,但对付孔谊恩这种小女孩,她有的是法子,她希望孔谊恩能对她打开心扉,走出车祸的阴影,如果孔谊恩非要躲着疗伤,她不介意硬闯进她的世界。

孔谊恩还小,她的脸上不该只有悲伤,她应该享受这个年华的欢乐。她应该像别的孩子那样,能够放肆大笑,也能失声痛哭。

孔谊恩求助似的向孔庭恩投去一个楚楚可怜的眼神。

孔庭恩心领神会,以退为进,一副很乐意帮忙的样子,说:"你究竟喜不喜欢这个小姐姐?要是实在不喜欢的话……我和你交换位置?"

孔谊恩猛地扭头。

孔庭恩有心捉弄妹妹:"哦,你不喜欢她?那别浪费时间了,起来吧,哥哥勉为其难,和你交换座位!"

孔谊恩继续扭头,目光委屈又坚决。

孔庭恩索性起身,做出搬椅子的假动作,孔谊恩生怕哥哥动真格的,连忙把椅子推到冯千阳身旁,紧挨着她坐下。

孔庭恩放开椅子,重新就座,趁着冯爸爸去接电话的空当,他眨巴着眼朝孔谊恩笑笑,肆无忌惮地说:"不愧是我妹妹,和我有一样的审美,你也很欣赏冯千阳,对不对?不过,

你为什么欣赏她？你和她今天才第一次见面。"

孔谊恩指指哥哥孔庭恩，惜字如金："是哥哥你总说要像她一样勇敢。"

冯千阳对这个答案很满意，向某人投去一个"果然识货哦"的眼神。

彼时，冯爸爸回来了，发现一桌的孩子又陷入新一轮僵局。孔庭恩笑容诡异，朱迪幸灾乐祸，冯千阳面色时而红时而白，看样子心情很复杂，只有孔谊恩保持常态，还是那副"打死都不肯说一个字"的样子。

咦？不对！

冯爸爸细细打量着孔谊恩，她眸光闪烁，分明一副说错话的懊恼样子……

冯爸爸觉得很有必要力挽狂澜调节一下气氛，喝一口红茶后，问朱迪："你有想过明年要念哪所大学吗？美国的名校有很多。"

朱迪侃侃而谈："我比较希望能够留在西雅图，如果能像孔庭恩那样，收到华盛顿大学的录取通知书，那简直是再幸福不过的事情，我妈妈也希望我能在西雅图读大学，不过，我更希望和千阳上同一所大学。"

朱迪问冯千阳："你的首选是哪所大学？你成绩那么好，去哪儿都不成问题，好学生都想进哈佛和斯坦福，你该不会也想上这两所大学吧？这对我而言有点儿难。"

冯千阳浅浅一笑："我还没考虑过这个问题，这是明年的事，就交给明年吧。今年我想当个无忧无虑的中学生。"

朱迪莫名有些忐忑："你考虑好了提前告诉我，只要是美国的大学，我都会搏一搏。你应该不会考虑回中国吧？"

孔庭恩的心里"咯噔"一下，紧张又不安地看着冯千阳，恨不得当场逼她许下一个不会走的承诺。

他盯着冯千阳，焦急地等待着她的答复。冯千阳也注意到了坐在对面的孔庭恩正眼巴巴地看着她。可她无法在瞬间给出一个对自己和别人都负责的答案，只好噤声。

她要回中国上大学吗？她不知道，她从没想过。

让冯千阳惊诧的是，她并不抗拒这个念头。她还以为那个地方装满了太多伤心事，有过太多令她不堪回首的回忆，那是她心底最想逃避的地方，可当朱迪提醒她，她有一个回到故土的契机时，她才发现，自己无比怀念那片土地。

那是她的家园，她出生和成长的地方，那是她的根。

冯千阳下意识地看了爸爸一眼，他淡定从容，就算她现在就要回中国，他都能无怨无悔毫不迟疑地送她去机场。

爸爸使了个眼色，示意冯千阳看看身旁，孔庭恩一脸哀怨，双眸透着怯慌和不舍，好像冯千阳马上就要登机似的。

冯千阳放下手中的饮品，在万众期待中缓声说道："我暂时没有回国的打算，我目前的想法是，离爸妈近些，多陪陪他们。"

朱迪和孔庭恩都如释重负地松了口气。

虽然冯千阳表示自己更愿意陪伴在父母身边。可当聚餐结束，她回到家，一个人回到卧室躺下后，回国的想法便越发强烈地涌上心头。

她的家还在那里，当初移民时，冯妈妈没舍得把房子卖掉，开玩笑地说要留给冯千阳当嫁妆。

第八章
芬克叔叔的汉堡

那里的人怎么样了？

她来西雅图两年了，外婆在中国还好吗？她的同学，还在为曾经的新闻嘲笑她忌恨她吗？

越是细想，思乡之愁便越是浓烈。冯千阳睡不着，便拿起手机，给外婆拨了通电话。反正这时候，北京时间是中午。

正和外婆聊得起劲，冯千阳忽而听见隔壁房间里传来爸爸痛苦的呻吟声。

爸爸怎么了？

冯千阳马上挂断电话，冲到隔壁房间。妈妈正试着扶爸爸下床。爸爸却不愿配合，捂着肚子倒在床上，宁肯痛得打滚也不要到医院检查，他额间冷汗涔涔，脸色差得可怕。

"爸爸怎么回事？"

"不知道，睡着睡着突然就这样了！"

妈妈拉着爸爸苦口婆心地劝道："你看起来很严重，要到医院走一趟，不然我不放心。"

"我不想去，我想在家。"发现冯千阳已走到床边，爸爸费劲地挤出一个笑容，"我没事，你快去睡觉，时间不早了。"

冯千阳绕到床的另一侧，爬上去试图帮妈妈把爸爸推下床："爸，你看起来情况不太妙！"

"我真没事。"

话音未落，爸爸竟开始呕吐，因为腹部传来阵阵绞痛，他开始浑身哆嗦。

冯千阳吓得瑟瑟发抖，她知道现在不是哭的时候，便逼着自己保持冷静，一边忙着用纸巾给爸爸擦汗，一边劝他喝点儿温水。

　　妈妈站在走廊，拿着手机拨打电话，十分钟后，救护车赶到了。

　　医护人员与妈妈合力将爸爸送上车，冯千阳胡乱地套上卫衣和短裤，急切地跟着出了门。

　　一路上，冯千阳紧抓着爸爸的手不肯放开。

　　爸爸嘴唇发紫，面无血色，全身都在战栗，他微睁着眼看着冯千阳，虚弱地责备道："我说了我没事，我想留在家里，如果我要死，我宁愿死在自己的床上！"

　　"爸，你别乱说话！你只是肚子疼而已，没那么严重！"

　　"是吗？可我从没这么痛过，我在想，你妈生你的时候大概也没这么痛。"

　　"才不，我妈肯定痛多了，她身上可是掉下来了一块肉，就是我，亏你还是学医的！"

　　爸爸勉强笑笑，气若游丝地说："我现在感觉身体里有上千只虫子在啃食我的内脏，简直生不如死！"

　　"爸你忍一忍，马上到医院了！"冯千阳按捺住心中的恐慌，凝视爸爸的时间越久，她便越害怕。

　　爸爸和大家聚餐时还好好的，怎会突然变成这样？

　　"妈，爸爸到家后吃过什么吗？"冯千阳凑到妈妈耳边轻声问。

　　妈妈回忆了下，摇摇头，十分困惑道："到家那会儿他感觉肚子不太舒服，吃了点儿药，没想到躺下后更严重了。好在我睡眠浅，及时发现。你别担心，他会没事的！"

　　妈妈搂着冯千阳安慰道："到医院后，看看医生怎么说，应该没什么大问题，可能只是吃了不干净的东西。你们晚上都吃什么了？"

第八章
芬克叔叔的汉堡

吃了……芬克叔叔的汉堡。

冯千阳第一时间打电话给孔庭恩。

只"嘟"了一声,那头便接听了。孔庭恩还没睡,半夜看到冯千阳来电,意外又开心:"你也睡不着?我刚好在想……"

冯千阳急切打断:"你和你妹有事吗?"

孔庭恩一怔:"有什么事?"

冯千阳哽咽道:"我爸进医院了,好像是吃错了东西,今晚我们是一起吃饭的,我担心你和你妹也不舒服,所以打电话来问问。"

"我去看看她。"

"等等,你还好吗?你自己有没有不舒服?"

孔庭恩愣了愣,一阵窃喜:"我没事,别担心,我很好。"

"那就好。"冯千阳挂断了电话,然后又给朱迪拨了电话,确认朱迪没事后,稍稍松口气。她感觉到爸爸捏了捏她的手,低头看了看。

爸爸朝她眨了眨眼。冯千阳心领神会,凑近爸爸,只听他轻声说:"我没偷过那份研发报告,我是被人陷害的,我也不知道是谁,为什么要这么做,我只是替人背了黑锅,你要相信爸爸!"

到了这关头,冯爸爸最放不下的,竟是当年的事!

冯千阳霎时红了眼圈:"爸,你什么都不必说,我从来没怀疑过你,我说过,我无条件信任你。"

"我知道,我只是想亲口告诉你,我没做过伤天害理的事。"

话音未落,冯爸爸又开始呕吐起来,冯千阳越发恐慌,有一瞬间,她真的开始怀疑爸爸是不是不会好了。

到医院后,医生和护士都没有耽搁,连忙帮冯爸爸检查,冯千阳和妈妈在急救室门外焦虑地等候。冯千阳躲在妈妈怀里,恨不得她的双臂能为自己驱散心里密布的阴霾。

妈妈轻轻拍着冯千阳的背:"别担心,你爸不会有事的,两年前他都挺过来了,现在他也能挺过来!"

"嗯!"冯千阳抹了抹眼角,双眼紧盯着急救室,生怕一不留神,便会永远失去爸爸。

走廊忽而响起急促的脚步声,冯千阳循声望去,孔庭恩一脸焦灼地朝她走来。孔谊恩在他身后,急匆匆地跟着他朝冯千阳跑来。

冯千阳快步迎了上去:"三更半夜的,你们怎么来了?"

"担心冯爸爸。"孔庭恩道,"也担心你,你在电话里听着很不好,我坐不住,索性跑来了。留下小谊一个人在家又不放心,所以把她也带来。你是不是哭过了?"

"我只哭了一下下。"冯千阳尴尬地说。说不上为什么,看见孔庭恩后,她镇定了不少,心绪也稳定下来,不像在救护车上那么害怕了。

孔庭恩牵着孔谊恩在冯妈妈身边坐下。

"阿姨好!"

冯妈妈疲倦地挤了挤笑容:"这么晚了,还要你们跑来,给你们添麻烦了。"

"不麻烦。冯千阳是我的朋友,朋友的事就是我的事。"孔庭恩看一眼冯千阳,见她面色惨白,大概是被吓坏了吧,便故作轻松安慰道,"你别胡思乱想,我们生在好年代,就算冯

爸爸是食物中毒，也不会抢救不过来。"

冯千阳若有所思："我只是在想，究竟是汉堡的问题，还是我爸的问题。我们今晚都吃过芬克叔叔的汉堡，但只有我爸一个有事。"

"这也不能说明汉堡没有问题。"孔庭恩同样凝眉沉思，"这只能说明，我们吃的汉堡没问题，而冯爸爸不走运，他的那一份有问题。当然，医生待会儿会告诉我们答案。"

孔庭恩看看妹妹："你困吗？想睡的话就睡我怀里。"

孔谊恩摇摇头，直勾勾地盯着急救室，浑身紧绷，放在腿上的拳头越拢越紧。孔庭恩察觉到妹妹不太对劲，时时留意着她，果然，孔谊恩的呼吸越发急促，身体开始止不住地战栗。

"爸爸……"孔谊恩冷不丁地轻呼，紧接着眼圈红了，泪水"啪嗒啪嗒"急涌而出。

冯千阳与孔庭恩担忧地对视一眼，瞬间懂了。孔谊恩是触景伤情，急救室四周每个人的焦虑表情，都提醒着她曾经的一切。她想起了在车祸中丧生的孔爸爸。

彼时，急救室亮着的灯熄了，医生从里头走出来，等待的人蜂拥而上，转瞬将医生包围。

"我丈夫怎么样了？"冯妈妈焦急地问。

"他没事了。"医生吁了口气，说，"我刚给他洗了胃，他食物中毒。我们从他的呕吐残渣里发现腐烂已久的肉。我建议你们起诉那家快餐店！"

冯爸爸躺在病床上，被护士从急救室推了出来。冯千阳和妈妈忙上前查看。谢天谢地，他似乎睡着了。他终于可以睡个

安稳觉了。

孔谊恩紧盯着病床上的冯爸爸,不自觉地追上去,瑟瑟发抖歇斯底里地喊:"爸爸,爸爸,爸爸……"

"小谊!"孔庭恩一个箭步上去拉住她,"那是冯爸爸,他很好,你别怕。"

"爸爸死了。"孔谊恩倒在孔庭恩怀里,"爸爸再也不回来了,爸爸流了很多血,爸爸很痛……"

孔庭恩急红了眼:"小谊,你别这样,那不是爸爸。"

孔谊恩似乎忘了周遭的一切,脱离了现实,沉溺在回忆中,掩面痛哭:"车子翻了,爸爸用最后的力气把我从车里抱出来,爸爸是为了救我才死的,如果爸爸不救我,他就能活下来了!"

"不是你的错!"孔庭恩紧抓住孔谊恩的肩膀,用力摇晃,试图让她清醒过来,"小谊,已经过去了,你别再乱想了,小谊……"

孔谊恩推开孔庭恩,急切地飞奔到冯爸爸的病房门口,站在外头不停地掉泪,就是不肯走进去。

冯千阳正在病房里照看爸爸,她早已察觉到病房外出了状况,她给妈妈端来一杯温水,然后快步走出病房。

孔谊恩仍呆呆立在病房门前,眼神空洞,目光涣散,面色煞白,似乎并未发现有人走近,孔庭恩在她三米之外,靠着走廊墙壁站着,低垂着头,手足无措。

冯千阳看了兄妹二人一眼,直奔孔庭恩。她伸手握住他的手,刚一抬眸,便看见他的眼泪掉下来了。

"孔庭恩。"

他一动不动,颓然说道:"我不知道该怎么说服我妹,那

第八章
芬克叔叔的汉堡

不是爸爸,是冯爸爸。"

冯千阳拍拍他的肩,试着传递给他力量和信心,让他面对感伤时,心里不那么荒凉,不那么孤独。

冯千阳轻声劝道:"你不要逼小谊,她还需要时间,如果她认为那是孔叔叔,那就让她信以为真好了,我爸不介意小谊喊他爸爸。你不要急着把她从悲伤里拽出来,这样会两败俱伤。"

冯千阳的话不是没有道理,孔庭恩点点头,目光紧紧注视着妹妹。孔谊恩仍然驻足在病房门前,眼神彷徨而忧伤,仿佛前方等着她的只有绝望。

孔庭恩深吸一口气,上前握住妹妹的手:"你想进去看看爸爸吗?"

孔谊恩哆嗦了一下,惊恐地看着孔庭恩:"爸爸不会醒了。"

"谁说的?"孔庭恩笑笑,"他会醒的。我和你打赌怎么样?要是爸爸会醒过来,千阳姐姐就还是千阳姐姐,要是爸爸不醒过来……千阳姐姐就是千阳妹妹。"

"……"

冯千阳在一旁静静观看,决定不在这时候出言指责这种犯规的赌约。

天亮了,守候的人仍然未曾合眼。孔庭恩推开病房门,牵着孔谊恩放轻脚步走进去。冯爸爸面色稍有好转,冯妈妈仍在床边坐着,冯千阳给她倒的那杯温水已经空了。

孔庭恩向冯妈妈点了点头,继而推着孔谊恩凑到床前。

孔谊恩紧握着哥哥的手,怯慌地朝床上的人张望一眼,继而瞥了瞥冯妈妈,把脸埋在孔庭恩背后。

冯妈妈早就听说了孔庭恩的故事。对于这个孩子,她心里百般怜惜,比起他的不幸,冯妈妈觉得冯千阳幸运多了,而他竟那么懂事,知道自己必须要担起一个哥哥的责任,处处照顾妹妹。

冯妈妈和冯爸爸一样,对孔庭恩的悲痛感同身受,想尽可能地对这个被生活亏待的孩子好一点儿。尽管在冯爸爸身边守了一夜,但她也时刻关注着病房外几个孩子的动态。

她知道孔谊恩触景伤情,一时情绪失控,但她没有贸然冲出病房,她不想打断这个孩子的悲伤。她相信,有冯千阳和孔庭恩在场,孔谊恩就不会有事。

冯妈妈是个极其体贴又信任孩子的人,她相信孩子们能找到走出伤痛的方式,她给他们提供的唯一帮助是,不阻止他们在需要的时候相互依赖,相互依偎。

有时候她很羡慕孔谊恩能有一个孔庭恩那样的哥哥,要是冯千阳也有一个那样的哥哥,当初她是不是就能痛得少一点儿?

有时候,孩子们从彼此身上得到的安慰,远比从长辈那里得到的安慰要多,因为孩子更懂得孩子的脆弱。

冯妈妈朝孔谊恩笑笑,压低声音温柔地说:"爸爸还好,你不用担心。"

孔谊恩没吭声。

冯妈妈绕到她身边,在她面前握了握冯爸爸的手,又回头对她说:"爸爸的手很暖,你的手暖吗?"

孔谊恩摇头。

冯妈妈鼓励道:"你要不要握一握爸爸的手?让他知道你在等他醒来,这样他就不会睡懒觉哦。"

孔谊恩从孔庭恩背后探出头,试探似的迈一小步靠近床沿。

冯妈妈连忙让开,与孔谊恩拉开一点儿距离,以免让她感到不适。冯妈妈当然知道,这孩子需要的不仅是时间,还有距离。不在她畏缩的时候刻意靠近,是一种善意。

果然,冯妈妈一走开,孔谊恩便放下了戒备,也不似之前紧张,她伸出手,把冯爸爸的手握在手心里。

孔庭恩在身后问:"怎么样,爸爸的手暖吗?"

孔谊恩点点头,没有回头,没有开口。

孔庭恩道:"哥哥没骗你吧?我就说了,爸爸会好起来的。"

孔谊恩又点点头。

冯千阳走到冯妈妈身边,压低声音说了声:"谢谢妈妈。"然后看了看孔庭恩,他也在看她,二人隔着病床,眼神交流着,心照不宣。她知道他在感谢她,他也知道她在鼓励他。

孔庭恩凑近孔谊恩,小声说:"我们不打扰爸爸休息了,你一夜没睡,该回去休息了,到时候再来看爸爸,好吗?"

孔谊恩忽而紧张起来,握着冯爸爸的手越发用力,生怕孔庭恩会把她从病床边带走。

"爸爸还没醒。"孔谊恩哀求,"不要走。"

"好,那就不走,等爸爸醒来为止。"孔庭恩宠溺地说,无奈地笑了笑。

四个人就这么守着冯爸爸,不知过了多久,冯爸爸的眼睫毛抖了抖,手动了动。

孔谊恩猛地瞪大眼睛,松开冯爸爸的手,低头仔细观察他的指尖,像个观察微生物的科学家,惊喜地叫道:"爸爸醒

了!爸爸醒了!"

冯千阳忙凑到床前,喜极而泣:"爸!"

冯爸爸慢慢睁开眼,看见冯千阳紧张的脸,不禁笑了,他吃力地微微挺起上身,瞥了瞥缩在床尾的孔谊恩。她眼巴巴地看着他,不敢上前,也不肯开口问候。

冯爸爸皱了皱眉,摆了摆手。冯妈妈会意一笑,像个女王般发号施令:"你们都散开!"然后帮冯爸爸调整了床头的高度,以便让冯爸爸坐起来。

冯千阳和孔庭恩听话地退到床尾,孔谊恩左右看了看,迟疑地往后缩。

冯爸爸勉强坐起,朝孔谊恩招招手:"孩子,过来。"

孔谊恩一动不动。

孔庭恩想上前鼓励,冯千阳及时伸手拉住他:"她有自己的主意,她知道该怎么做,你要相信她。"

"有时候我更相信的是你。"孔庭恩退回来,反手抓住冯千阳的手,轻轻握了握,便马上放开。

孔谊恩站在原地,迟疑了半晌,试探似的抬头,触上冯爸爸和蔼而慈祥的目光,她对父爱的魔力毫无抵抗力,小心翼翼地迈步靠近。

冯爸爸向她伸出手,孔谊恩便也壮着胆子,伸出了冰凉的手,再次握住冯爸爸的手,在床沿坐下。

冯爸爸道:"孩子,我没事,我会好起来的,你也会好起来的,对吗?"

孔谊恩静静地看着他,似乎经过了一番深思熟虑后,缓慢地点点头。

冯爸爸微微一笑,他的笑容就像风雪后的和煦春阳,漾开

了满室暖意。

他又道:"孩子,我会坚强的,你也会坚强的,对吗?"

这一次,孔谊恩没有一秒的犹豫,坚定地点点头,继而看向孔庭恩,轻唤了一声:"哥。"

孔庭恩应声走到她身边。

孔谊恩松开了冯爸爸的手,转身拥住哥哥,在他怀里无声地流泪。

孔庭恩轻轻拍着她的背,没有出言制止。她便索性把脸埋进他的怀里,直到哭够了以后,才轻声道:"冯爸爸没事了,真好,我也没事了。"

孔庭恩错愕一怔,低头看看妹妹,确认自己没有听错后,又欣慰又感动地说:"小谊也学会坚强了?"

孔谊恩点了点头。

「第九章」 完美的夏天

冯千阳坐在413室的正中央,就像两年前的那天下午,孔庭恩坐在这里,向她提问,与她博弈。

1

冯妈妈留在医院照看冯爸爸，冯千阳和孔庭恩各自回家休整了一天，约好在芬克叔叔的汉堡店碰面。

二人走到柜台，要求见门店经理。点餐员倒是很帮忙，马上给他们找来了经理。经理穿着工作制服，约莫三十出头，中等身材，有一口洁白牙齿，与他们招呼时，眼珠子转动得飞快。冯千阳猜想，这人的脑袋瓜应该蛮好使。

"孩子们，找我有事？"

冯千阳向经理出示三天前的订餐凭证："那天晚上我们来这里吃过晚饭。"

"所以呢？"经理露出职业性的微笑。

"我爸当晚进了医院，医生说是因为吃了腐烂已久的肉。"

"哦？"经理皱眉，"这个消息真让人遗憾，你爸现在还好吗？"

"还好，已经快康复了。"

"那太好了，恭喜你和你爸，大家都不用为此流泪了。"经理假惺惺地祝福，继而说，"不过我真不明白，这和芬克叔叔的汉堡有什么关系？"

冯千阳按捺住怒火，说："我爸爸是吃了这里的汉堡才进医院的！"

经理四下看了看，示意冯千阳和孔庭恩走到没有人的角落，一改之前的和善面容，冷声道："听好了，孩子，我不知道你那个倒霉的爸爸到底吃错了什么才进医院，但如果你想借此指控我们店的汉堡，那你们就太天真了！"

经理想推卸责任，他认为他们只是孩子，根本不足为惧，才会这样有恃无恐。

第九章 完美的夏天

冯千阳的火气"噌"一下上来了:"经理先生,我希望你明白,我不会做无端指控,医生表明我爸爸吃了腐烂的肉才导致食物中毒,那晚,他在这里吃过汉堡后再没吃过别的东西。"

经理不以为然,对"医生论"嗤之以鼻:"孩子,医生说你爸是吃了腐烂的肉,可没说你爸是因为吃了芬克叔叔的汉堡才……什么来着?食物中毒?听着就很可怕。孩子,我有必要提醒你,就算你爸当晚没吃过别的东西,当天他肯定也吃过别的东西,谁也说不清那种腐烂的肉能在身体里潜伏多久。说不定食物中毒刚好赶在晚饭之后病发的!"

"不可能,我爸的午饭是在家里吃的,那时他还好好的。"

经理一脸遗憾地摇头:"那时他还好好的,晚上不就不好了吗?我觉得你们以后应该在购物上多用点儿心,或许是你们购物时买了过期的肉类!"

孔庭恩一直旁听默不作声,他实在看不惯经理这推卸责任的态度,阴沉着脸上前:"经理,既然你声称你们汉堡店的肉没问题,那请告诉我们那些肉都出自哪里?以便我们彻查清楚,不冤枉你们!"

"彻查清楚?"经理不耐烦道,"孩子,我很抱歉不能参与你们的侦探游戏,如果你们认为我们店里的肉有问题,可以联系律师给我们发正式的律师函,而不是站在这里打扰我工作,我很忙的!"

经理不屑再与他们周旋,扭头离开了。

他的态度令人火冒三丈,冯千阳杀气腾腾地盯着他的背影,不时朝厨房入口瞥一瞥,恨不得直接杀进厨房,"咔嚓咔嚓"连拍几百张照片,给这家店来个暗黑食材大曝光。

孔庭恩看出苗头不对,连忙抓住冯千阳的肩膀,不容分辩地推

着她走,直到出了门口走出好些距离,才放开她。

冯千阳气不打一出来,扯着脖子红着脸质问:"你为什么要阻止我?"

孔庭恩谨慎地伸手抓住她的手腕,生怕冯千阳不死心往回跑:"我当然要阻止你,你想做什么?你以为你冲进厨房,就能拍到一块现成的腐肉?"

"那我也要冲进去看一看,我爸不能白白躺在医院里!"

"我也不会让你白白受气。"孔庭恩抬手按住冯千阳的脑袋,"我不会让人欺负你,但你要冷静,要听劝,好不好?"

或许是他温和的语气起了作用,又或是他温柔的眼神触动了她,冯千阳逐渐冷静下来,发现孔庭恩此刻离她和她的心脏那么近,莫名有些失措,局促地别开脸,以免让他发现她的紧张。

孔庭恩见她分明一副有意回避的样子,不禁笑了:"你平时那么机灵,有勇有谋,可每次遇到冯爸爸的事,就变得又急躁又冲动。你刚刚在里头说话那么直接,明显就是要找经理算账,人家当然不会给你好脸色!"

冯千阳略感委屈:"我爸还躺在医院里,所以我的情绪难免激动,忘了谈话技巧。"

"喵,亏你还知道要用套路,懂得采取迂回的战术套话,这是交流的艺术,也是谈判的技巧,你是注定成为金牌记者的人,铭记并掌握这一点,对你没坏处。"

千穿万穿,马屁不穿,冯千阳忍不住笑了,回头盯着汉堡店的招牌,道:"反正我已经得罪那个刻薄经理了,你瞧他那副油滑样子,也不像是可以被套路的人,现在我们要怎么办?"

"当然是不放过他!"孔庭恩像个阴谋家似的,狡黠地笑笑,"我妈是律师,以后有很多机会收拾他,现在最重要的,是找到那

第九章 完美的夏天

些肉的来源。"

趁着暑假,冯千阳和孔庭恩天天顶着大太阳和鸭舌帽潜伏在汉堡店附近。功夫不负有心人,他们终于有了收获。

他们躲在街道转角处,刚好可以看到芬克叔叔的汉堡店后方。一辆卡车停在汉堡店后门,卡车上没有任何标志,但从车里下来的两名工人都穿着款色一致的工作服。下车后,两名工人开始搬运,将卡车里的货物扛进汉堡店。

冯千阳激动万分,迈腿就要冲过去。

孔庭恩猛地伸手摁住她的脑袋,生生将她定在原地:"和成年男子打交道这种事让我来,你在这里等我,哪儿都不许去!"

"凭什么?"

紧要关头,孔庭恩半点儿都不让着她,板着脸命令道:"因为我怕你的鲁莽会坏事,他们随时都会走,你确定要把时间都浪费在和我的争执上吗?"

冯千阳颓然叹息一声,努努嘴道:"好吧,你淡定,你去。"

孔庭恩没有马上朝卡车接近,而是在卡车对面的路上来回走了几趟,装出一副迷路的样子,看着工人搬运得差不多了,才一脸茫然地走过去。

"你好,我想知道好望角咖啡馆怎么走?"

工人皱皱眉:"好望角咖啡馆?我不知道这里有这样一家咖啡馆,你最好去问问别人。"

"那好,谢谢,打扰了。"

"不客气。"

孔庭恩不急不躁地拐进转角。

冯千阳一看见他,便迈着双腿飞奔过去,满怀期待地问:"怎么样,你看见工作服上的标志了吗?"

孔庭恩点点头。

"是什么?"冯千阳异常兴奋。

孔庭恩故意逗她:"冯小姐,我不是无偿为你效劳的,请先支付一下我的佣金。"

冯千阳忙不迭从背包里取出钱夹,从里头掏出一枚25美分硬币,嫌弃地说:"你就值这么多,把钱拿好了!"

"真抠门!这么热的天我陪你出来玩侦探游戏,你也不知道买个雪糕犒劳犒劳我!"

"啧啧啧,我就不买,你不配,你只配给我买。"冯千阳朝某人翻了个白眼,"咱们说点儿开心的,工作服上的标志是什么?"

"费尔农场。"

原麦高芬中学新闻B组组员,久违地聚齐了。

行动这天,孔庭恩开车接了冯千阳,然后又接了朱迪。孔庭恩和冯千阳皆是一身运动打扮,朱迪却毫无默契地穿了一袭飘逸长裙,长发散落在肩头,颇像外出郊游的田园少女。

冯千阳冷冷地挖苦道:"朱迪小姐,你确定你要穿这身漂亮裙子外出?"

"当然,我不会换的,别想哄我穿运动装,我才不要和你们穿情侣装呢!"

冯千阳扯扯嘴角:"希望到时候你别为这身打扮后悔。"

"当然不会。"朱迪像个洗发水广告的模特,自信地拨了拨长发,"你不是说今天要去农场吗?既然是农场,那肯定风光宜人,我当然要趁这机会多拍几张美照晒上推特。"

"反正我警告过你了。"冯千阳不愿再教训她,她明明记得自

第九章 完美的夏天

已叮嘱过朱迪,这次出行的目的可不好玩,穿衣方面要运动休闲一点儿。

孔庭恩驶上高速,一路往北驶向边境的费尔农场。

沿途,冯千阳思绪重重,对于此次行动,她期待又担心。他们要假装成迷路的游客进入农场的屠宰场,尽管只是为了拍下证据,但她不希望任何人受伤,希望农场的主人是个友善的人。

这似乎不太可能,友善的人怎会向汉堡店出售腐肉?

与冯千阳相比,朱迪心情愉快多了,她可没冯千阳想的那么多。有时候冯千阳挺羡慕朱迪这么没心没肺的,心大得仿佛能容下整个宇宙。

孔庭恩不时朝冯千阳瞄一眼,见她一副心事重重的样子,安慰道:"什么都别想,我们不过是去拍几张照片就走。不会有任何危险的。"

"那最好不过。"冯千阳故作轻松地笑笑。

孔庭恩驶下了高速,沿路拐了几个弯,路越走越窄,车辆也越少,四周越发荒凉。

朱迪皱皱眉往车窗外看,莫名有些忐忑:"这地方和我想象中的农场差距太大了!"

冯千阳冷冷地瞅了瞅她:"你想象中的农场是什么样的,乌托邦朱迪小姐?"

朱迪望着车窗外丛生的杂草,咽咽唾沫说:"我以为应该阳光普照,花开四处,路旁不时会有一棵大树,供疲惫的旅人小憩,电影里的农场不都是这样的吗?"

冯千阳满脸无奈。

孔庭恩将车子停在隐秘处,招呼她们下车。

朱迪坐在后座,半信半疑道:"农场在哪里?"

孔庭恩指了指不远处一排栅栏:"那里,下车跑几步爬过去就到。"

"爬过去……"朱迪心疼地看看自己的漂亮长裙,"我这身装扮只适合优雅的出游方式。"

孔庭恩干巴巴地问:"或者你可以试试优雅地爬过去?"

"我不能冒险。"朱迪扶住车门,生怕外头会有人不顾一切地拉开车门将她拽走。

冯千阳看出朱迪是不能参与这次特别行动了,便让她好好在车里待着,哪儿也别瞎逛,等他们回来集合。朱迪如释重负,比画了个"OK"的手势,欢呼着目送他们离开。

孔庭恩一手拿着相机,一手牵着冯千阳,二人猫着腰小心翼翼地往前小跑,神不知鬼不觉地翻过栅栏,进入农场。

四周没有人影,诡异感似有若无地传来,冯千阳猛打了一激灵,生出了几分恐慌感。

孔庭恩紧握住她的手,笑道:"别怕,有我呢。"

冯千阳怀疑地看看他:"你不怕吗?"

"怕,但有你陪我一起冒险,我觉得还行,走吧。"孔庭恩朝某个方向指了指,"声音好像是从那边传来的。"

二人小跑起来,在一间偌大的长方形平房外停住。孔庭恩越发抓紧冯千阳,贴着墙壁循声走去。只有冯千阳知道,这个男孩此刻有多紧张,他握住她的手正不停地冒汗。

二人走到转角,孔庭恩探头看了看,确认前头没有人,便拉着冯千阳绕过去,越接近平房入口,那阵臭味便越浓烈。冯千阳捂了捂鼻子,按捺住想要呕吐的冲动。

"你还好吗?"孔庭恩不安地问。

冯千阳点点头:"没问题,我能行,不入虎穴,焉得虎子,继

第九章 完美的夏天

续,抓老虎崽去。"

"好。"孔庭恩不禁笑了。

行至窗边,二人朝里张望,顿时头皮发麻。平房里,倒挂着一排又一排的猪羊牛。

这不是屠宰场是哪里!

冯千阳猛地拍拍自己的脸,强迫自己镇定下来,再看看身边的男孩,他眉头紧蹙,极力保持冷静,却没忍住干哕了一声。

"这里面实在太适合拍恐怖片了!"孔庭恩开玩笑道。

"我们继续走?"孔庭恩压着嗓音问。

冯千阳用行动代替回答,拉着孔庭恩猫腰前行,她手里拿着手机,时刻准备着与相机同步拍摄。

平房一侧,有一间占地面积相对小的正方形房子。冯千阳和孔庭恩贴着墙找到一扇窗户,忍耐着里头传来的臭味,往里张望。

房子里,一个彪形大汉正在切下一块块肉块,肉块没有经过清洗便随意扔到地上,血淋淋地堆成堆,四周围满苍蝇。

冯千阳连忙举起手机,孔庭恩连忙启动相机,二人默契地用摄像头记录下这惊悚一幕。

"你说,他们会在处理完后集中清洗肉块吗?"冯千阳压着嗓音问。

孔庭恩朝里头磨刀霍霍的人看了一眼:"我很怀疑,我当然希望他们都是注重卫生的人,但你看看……屠夫颈脖上也溅了血迹,他甚至都懒得擦一擦。当然,这也许是我的偏见,这一切还有待考证!"

孔庭恩开了录像功能。

室内的光线略显昏暗,孔庭恩认为这不是最佳拍摄角度,便示意冯千阳继续留在窗外观察,自己要冒险走到门口,透过

门缝拍摄。

　　"你在这里老实待着,只要你安全了,我才能全力以赴。我警告你,不要让我分心!"孔庭恩说。

　　"好……"

　　孔庭恩自顾自拿着照像机,壮着胆子溜到入口处,他半蹲着身子,小心翼翼地推开门,镜头瞄准屠夫威武雄壮的侧影。

　　借着门缝,阳光漏进室内,光线比之前稍好了些。屠夫忙着杀鸡,并没有注意到门缝里探进了照相机的摄像头。他飞快地剁着鸡肉,刀法之迅速令人眼花缭乱,用力之凶狠令人望而生畏。门后的孔庭恩看着这一幕,觉得毛骨悚然。

　　忽然间,屠夫"啊"地叫了一声,孔庭恩猛地哆嗦了一下,稍稍探前朝里张望。屠夫满手是血,大概是因为下刀太快光线又不够,他一不小心伤着了自己。

　　血滴落到砧板的肉上,他却没有在第一时间止血,若无其事地接着把沾满鲜血的肉剁成块状,然后随手扔到地上的肉堆里。

　　孔庭恩按捺住强烈的呕吐冲动,给了地板上的肉堆一个大特写。透过摄像头,他清晰地看见肉堆四周除了苍蝇之外,爬满了蠕动的虫子。

　　孔庭恩看着差不多了,赶紧按下结束键,生怕待会儿会暴露,他谨慎地关掉照相机,取下SD卡藏进口袋里,然后才溜到一旁相对安全的位置,确认四周没有人,才拼命地呕吐起来……

　　冯千阳见孔庭恩迟迟未回,越发担心,刚才屠夫的叫声使她的心不由得颤抖,她紧盯着室内的人,只见他负伤工作,直到把肉都处理完了,才脱下围裙,随意地用衣服捂住伤口。

　　冯千阳倒没有太多地关注地上那堆令人作呕的肉堆,她处处留意着屠夫的一举一动,越发想不明白——

第九章 完美的夏天

那一刀狠狠地切了下去，屠夫该有多痛？可他不急着处理伤口，真是奇怪！

他似乎早已对这种工伤习以为常，甚至能够忍痛继续将工作进行下去。

想到这里，冯千阳又看了看时间，孔庭恩实在离开得太久了。她放心不下，无法再干等下去，便循着孔庭恩离开的路，前去寻他。

经过屠宰室门口时，冯千阳清楚地嗅到里头直往外扑的极其刺鼻的腥臭味，以及一阵渗在血腥里的腐肉的恶臭。冯千阳捏紧了鼻子，鼓足勇气一溜烟儿从门口跑过，她希望那位受伤的屠夫没有发现门外有人。

拐了个弯后，冯千阳看见孔庭恩的背影正一阵一阵地抽搐，她急切地迈步上前。

孔庭恩听见后方有脚步声响起，悄悄回头瞥一眼，忙不迭朝后摆了摆手："别过来！你会后悔的。"

冯千阳索性抓住孔庭恩的手，探头瞅了一眼："没事，不就是呕吐物吗？我不嫌弃，你好点儿了吗？"

"还没，我需要缓一缓，我的感官受到了毁灭式的刺激，这极有可能给我留下不能磨灭的阴影，太恶心了！"孔庭恩深吸一口气，"真难想象，这些东西会被送往各个餐馆，供人食用。"

二人正谈论之际，一个低沉的男声传来："你们是谁？在这里做什么？"

冯千阳打了个冷战，回头，来客正是屠夫本人。

冯千阳壮着胆子迎上前，若无其事道："我们是游客，从西雅图来的，要去加拿大温哥华。"

"游客？这可不是个旅游的好地方。"

冯千阳从容应对:"那也得进来看过才知道。"

冯千阳挽起孔庭恩,故意与他做亲昵状:"这是我男朋友,他开车开累了,我又不会开车,没办法顶替,所以就把车停下来,四处走走休息一下,误打误撞就进来了,一开始我们还以为这里是个可以野餐的农场。"

冯千阳指指屠夫血迹未干的手腕:"先生,你好像受伤了,需要我们送你去医院吗?"

"不用,我从不乱花钱。"屠夫四下看看,戒备十足道,"你们看起来确实像游客,我也希望你们是,如果你们不是,最好尽快离开这里,这里不欢迎记者。"

屠夫转身回到散着恶臭的屠宰间,这一次,他锁上了门。

冯千阳和孔庭恩原路返回,惊魂未定地钻进车里。

后座,朱迪幽怨的声音响起:"你们去得真久,有一瞬间我都想把车开走了,但我发现孔庭恩没给我留下车钥匙。"

孔庭恩没好气地回头瞪了她一眼:"朱迪小姐,如果你知道我们在里头经历了什么,你将会对自己有过这样的想法而感到羞耻。"

孔庭恩确认车门已经锁上后,将SD卡放回到相机里,让朱迪目睹一下他们刚刚经历的场面。

朱迪甚至未能坚持到录像播完便急着要下车,发现车门锁上了,她急躁地拍门:"开门,如果你不希望我吐在你车上的话!"

孔庭恩连忙开锁,朱迪很不优雅地冲出去,开始了很不优雅的呕吐。

车里,冯千阳愁眉不展,无助地摊摊手问孔庭恩:"录像有了,照片也有了,可也不能证明那些腐肉就是芬克叔叔的汉堡所用的肉。"

第九章
完美的夏天

"确实。"孔庭恩苦恼地点点头，做沉思状，"除非我们天天埋伏在这里，亲眼见证他们打包运送，否则，就算这段录像再惊悚再瘆人，还是不能成为有力证据。除非……"

孔庭恩顿了顿，与冯千阳对视一眼，二人不约而同地道："有证人！"

恰在此时，有激烈的争吵声从农场里传来，冯千阳和孔庭恩一秒都没耽搁，各自推开车门，像阵疾风般朝栅栏跑去。

朱迪尚未缓过神来，扶着车门朝两个人张望一眼，摇摇头一脸遗憾道："两个都是精神病，天生一对。"

冯千阳和孔庭恩蹲在栅栏外，借着杂草的掩护小心躲藏，听着里头尖锐的咒骂声，心情格外兴奋，冯千阳拿出手机开始了拍摄。

"这已经不是第一次了！"屠夫带着浑身污渍，冲一名穿着得体的男子吼道，"我不能一边砍伤自己一边工作，而你们还不承担医疗费用，这是工伤！"

穿着得体的男子冷漠地说道："我想你应该购买了医疗保险？"

"我的薪水那么微薄，只能勉强糊口，哪里还有多余的钱购买保险？"

"那真遗憾，但你的个人财务问题不在我们农场考虑的范畴内。"

"可是……"屠夫气不打一处来，涨红着脸道，"这是工伤，不应该由我全部承担，我只是要求你们承担50%的费用！"

"我觉得你有必要终止自己的幻想。"男子像是听到了一个天大的笑话，干笑两声后，冷酷地说道，"当初，我们在考虑聘用你的时候不是已经协商好，我们只支付你的劳务费用，不承担任何额外的费用吗？"

"工伤医疗费是额外的费用吗?"

"不然呢?既然你选择了这份工作,就表明你愿意承担这个职业所带来的风险。"

屠夫放缓了语气,几近哀求道:"现在医疗费用太高,我还要养活妻儿,实在支付不起了,带伤工作也很影响工作效率,这对你们也没好处!"

"当然。如果我确认你无法胜任自己的工作,会考虑开除你。这一点你最好考虑清楚,你没有文凭,也没有良好的工作经历,我愿意聘用你,你应该心怀感激,而不是得寸进尺,对我提出一些非分的要求!你要是实在觉得委屈,大可以滚蛋,我不会在你身上浪费同情心!"

穿着得体的男子撂下狠话后,便转身离去。屠夫盯着他,泄愤似的朝地上吐一口唾沫。冯千阳紧握手机,记录下屠夫孤单又疲惫的背影。

"太过分了!"孔庭恩一拳砸向栅栏,"太可恶了,该死的农场主!"

冯千阳不怒反笑,拍拍孔庭恩的肩膀,示意他冷静:"别生气,你妈妈又有官司可以打了,如果她能说服屠夫叔叔打官司的话。要是赢了,律师费用理应由费尔农场支付!"

孔庭恩同情地看着屠夫的背影:"我想,我妈会乐意帮忙的,她最讨厌剥削劳动者的人。"

冯千阳笑意更甚:"孔组长,我有一个好消息要告诉你,我们找到证人了!"

冯千阳和孔庭恩飞快上了车。关上车门之际,冯千阳一把将朱

女生梦想助力卡

梦想助力方法

◆ 1　遵从内心的喜好,把"喜好"变得清晰、明确。

◆ 2　客观审视自己,剖析自己,完善自己。

◆ 3　了解成功人士的事例来增加追梦的动力,使其成为你实现梦想道路上的榜样。

◆ 4　详细规划梦想,再一点点把计划落实。

◆ 5　坚持不懈为之努力,让梦想变成现实。

第九章 完美的夏天

迪抓进了后座。孔庭恩几乎在同一时间发动车子，猛踩油门驶出去老远，确定没人跟上来，他们把车停在了路边。

公交车站就在前方，屠夫并不富裕，不可能有车，他必须要依赖公交车。

冯千阳将自己的计划告诉了朱迪，朱迪听后看看孔庭恩，又看看冯千阳，尖声质问："你们俩都比我专业，为什么要我去采访一个这样可怕的人？"

"因为你刚刚没有暴露。"冯千阳冷静地说，"我和孔庭恩已经暴露了，撒谎说我们只是路过的游客，如果现在冲上去告诉他我们是校园记者，会引起他的反感，这对采访不利。"

"对。"孔庭恩补充，"最主要的是你今天穿得很优雅，不能白白浪费，要是你孤身一人接近他，说不定还能激发他的同情心，让他心软。"

"可是，我不知道应该和他谈什么！"

冯千阳把孔庭恩的蓝牙耳机套到朱迪的耳朵上，然后又把自己的手机交给她："待会儿我让你说什么你就说什么，你什么都不用想，把其中一部手机保持通话状态，另一部保持录音状态就行。"

"可是……你的问题会不会很尖锐？万一对方有暴力倾向，会不会打我？我会不会受伤？他可是个屠夫！"

"不要戴有色眼镜看人，这不过是一份可以让他谋生的工作，他也不过是社会底层一个不幸的工人罢了。"

"可是，你凭什么认为他会对我坦白？他是在费尔农场工作的，他会说对自己老板不利的话吗？"

"当然会。"孔庭恩从驾驶座扭过头，自信地笑笑，露出了好看的牙齿，"如果你总是受到老板的不公对待，久而久之心里积压的愤怒、不满和委屈就会越来越多，向公众寻求帮助便成了唯一

的出路。总之,你不要担心,你不会有危险,他也不会对你有所隐瞒,你只需要友善地提出问题就可以了。"

朱迪有种上了贼船的感觉,犹豫了下,试探道:"我……可以……拒绝这项任务吗?"

冯千阳坏坏一笑,替朱迪打开了车门:"那你就自己从这里走到车站,坐公交车回西雅图吧!"

说时迟那时快,屠夫的身影已经出现,距离车子停放的位置尚有一百米的距离。

朱迪无可奈何,下车之前,对孔庭恩和冯千阳狠瞪了一眼,道:"你们记住了,我这么做,绝对不是因为怕你们,而是为了冯爸爸。"

尽管恼怒,朱迪还是很优雅地走下车,优雅地关上车门,在屠夫走近车子之前,及时拦下了他。

生怕屠夫在经过车子时瞄到他们,冯千阳索性在后座趴着,孔庭恩也调低了驾驶座椅,让自己处于躺着的状态。

孔庭恩的手机里,朱迪的声音响起:

"先生你好,我是麦高芬中学的学生,我叫朱迪。"

冯千阳在车子里往后张望,提醒朱迪:"一定要主动向他伸手,不要嫌他脏,他会被这个细节感动,笑容要真诚。"

车子后方,朱迪补票似的,僵硬而迟缓地伸出手。

屠夫皱了皱眉,把手往衣服上蹭了蹭,最后又颓然放下:"我的手很脏,你说你是麦高芬中学的学生,找我有事?难道我儿子……"

"不,和你儿子无关。"朱迪按照原定策略,道,"和我爸爸有关。"

"你爸爸?"

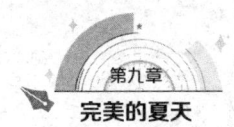

第九章
完美的夏天

朱迪将冯爸爸代称为"我爸爸",讲述了他吃了芬克叔叔的汉堡而入院的事,然后问:"我想知道,芬克叔叔的汉堡所用的肉,是由费尔农场提供的吗?"

"是。"

"那些肉卫生吗?"

屠夫摊摊手:"孩子,抱歉,这个问题我不能回答。"

朱迪见他这般果决,一时被唬住了,不知该怎么进攻。

冯千阳在电话里指导她:"告诉他,你只是一个要为父亲讨回公道的女儿,你不愿意看到再有人进医院,告诉他,当晚爸爸的情况糟糕透了,他甚至认为自己会死,可想而知他有多痛苦!医生确诊,确定是因为吃了腐烂的肉才导致食物中毒的!"

朱迪一字不落地复述,顺便补充道:"你儿子应该也很喜欢吃汉堡吧?现在的年轻人都喜欢的!难道你不担心他会因为吃了汉堡的腐肉而进医院?"

"好极了!朱迪!"冯千阳忍不住夸她,"你接着说,告诉他,你只是想找到足够的证据,起诉芬克叔叔的汉堡店,至于农场主会不会受到牵连,那要看他干了多少坏事,但主要责任在汉堡店而不在农场主。你慢点说,保持镇定,让他觉得你是个理智的人,取得他的信任。要是不知道怎么扮镇定,就放慢语速。"

朱迪极力克制着紧张的情绪,按照冯千阳的指示慢条斯理地复述。

或许是她平和的态度起了作用,又或是刚刚跟农场主有过激烈的争执,屠夫低吼一声:"这伙人根本没道德,员工受伤也不愿意掏一美分让我们看病,他们根本没良心!"

"那些肉卫生吗?"朱迪问。

屠夫不说话。

冯千阳指示："你换个问题，问他，那些肉是怎么通过安全质检的？"

朱迪转述，屠夫听后冷哼一声："这有什么难的？没有钱买不了的东西。"

朱迪眨巴眨巴眼："所以，先生，这是不是说那些肉真的有问题？否则费尔农场根本用不着花钱贿赂！"

屠夫及时噤声。

朱迪乘胜追击："我刚要进农场看个究竟，意外遇到了两个迷路的游客，他们说里头的情况相当可怕，你们随意把肉扔到地上，四处散着臭味，当然也少不了苍蝇和恶心的爬虫。我想知道他们说的都是真的吗？"

屠夫不愿回答，作势要走。

朱迪进入状态，越战越勇，忽而有了自己的主意，不再依赖冯千阳，连忙冲上前，再次拦下屠夫："先生，我知道你很为难，我保证，不论我将来做什么，都不会牵涉你，我只想知道真相。我想知道，你们把肉运送到芬克叔叔的汉堡店之前，会将那些肉进行清洗吗？"

屠夫不敢再冒险周旋，不自觉地提高了嗓音："我没必要回答你的问题，如果你想知道什么，直接去问农场主，我不知道！"

"你知道的！"朱迪盯着他手上的新伤，"先生，你受伤了，而在农场之外，也有人因为这里的肉而受伤。他和你一样都是受害者，如果你选择沉默，那将会有更多的人成为受害者，这是你愿意看到的吗？"

屠夫想起农场主那副吃人不吐骨头的嘴脸，顿时气愤不已，咬咬牙坦白道："确实，那些肉没有经过清洗就打包送进餐馆。我也曾建议过农场主要找人负责这项工作，但他是个视财如命的人，他

不愿意花这个钱,他觉得要是我看不过眼,就多干一点活儿,但我真的忙不过来。"

"你们通常多久给芬克叔叔的汉堡店送一次肉?"

"半个月一次。"

朱迪暗自掂量一番:"所以,那些肉在送到汉堡店时,已经不能算是新鲜的肉了?"

屠夫说:"新鲜的肉会散发出恶臭吗?你知道为什么那些肉会有苍蝇和爬虫吗?因为它们已经在地上堆了超过一星期!所以我从不允许我的儿子吃芬克叔叔的汉堡。"

屠夫的坦白让冯千阳和孔庭恩脊背生凉,难怪冯爸爸会食物中毒,那样肮脏的肉吃进肚子里谁都得出问题!

冯千阳整整三天闭门不出,认真组织语言,仔细琢磨每个措辞,才写下了关于芬克叔叔的汉堡店的报道。

报道里,她提到了好几件事,一是冯爸爸因为细菌感染进医院;二是与刻薄经理的一番毫无意义的争吵所带给她的精神创伤;三是暗访费尔农场所见到的种种;四是屠夫被剥削,不能享受医疗权益。

为了保护屠夫先生,冯千阳从未提及朱迪对他的采访,只说自己是意外听到了屠夫与农场主的争执。

由于冯千阳在报道里配上了触目惊心的照片,不少网友从推特和脸书上看到后,皆受到了极大的视觉冲击,开始声讨芬克叔叔的汉堡店和费尔农场,刻薄的经理和农场主自然不能幸免,很快成为大家抨击的对象。

有不少人关心冯爸爸的健康和屠夫的工作。冯千阳统一回复说

爸爸已经康复并出院了，至于那位屠夫的具体姓名，很快被别的媒体曝光，有不少农场争相聘用他。

冯千阳没想到的是，孔妈妈很有正义感，无偿为屠夫打官司，向农场主讨回了一笔可观的工伤费。为此，孔妈妈在律师界和社交平台上也收获了海量的赞美，尽管这对她而言不是大案件，却让人们记住了她。

冯千阳没有在报道里落下孔庭恩和朱迪的功劳，她在报道里多次提到，这次采访由麦高芬中学新闻B组原组员一起完成。为此，孔庭恩在华盛顿大学迅速蹿红，朱迪扬眉吐气，再也没人认为她是个可以被随便欺负的女孩，更没有人认为她是靠走后门才进到新闻小组的。

而冯千阳更是收到不少名校抛出的橄榄枝，只要她完成中学学业，随时可以到这些大学的新闻系报到。

整个暑假，芬克叔叔的汉堡、费尔农场、麦高芬中学和冯千阳是推特和脸书上搜索最多的关键词。

冯千阳写了头条，也成了头条。

她收获了超乎想象的人气，她的社交账号涨粉无数，甚至超越了孔庭恩。但冯千阳对此满不在乎，当时，她关心和在意的，是另一件事。

国内的微博近来有了新的热搜词——林予初。

对于这个名字，微博上的简介是，原医药研发剽窃门受害者的女儿。

林予初成绩优异，又是省状元，被知名大学录取，而她父亲去世一事又颇具话题性，很多记者都争相采访她。

不少记者在采访里问及，当年林父的研究成果被剽窃后，是否对她造成了影响。

第九章 完美的夏天

她仍然为此愤怒，咬牙切齿地回答："影响当然有，我永远不会原谅那家人，听说他们移民海外，过上了美好平静的生活。我觉得他们连最基本的道德感都没有，而没有道德感的人不配为人。"

林予初在采访里的言谈偏激又尖锐，使这则旧新闻再次被炒热，冯爸爸的名字再次被人提起。

冯千阳猛然想起，在冯爸爸被送上急救车当晚，他抓住她的手，告诉她，他是无辜的，他是被人陷害的。

他还在意，还没放下。而这世界欠他一个清白，那些谩骂他的人，欠他一个公开而真诚的道歉。

而她，她可以为冯爸爸做什么？冯千阳不知道。

新学期开学，冯千阳正式坐上了麦高芬中学新闻小组的第一把交椅，成为新一任校园记者面试官。有关面试的一切事宜都由她安排，冯千阳仍然选在413室作为面试地点。

面试当天，四楼走廊围满了人，413室门口堵得水泄不通，人人都在谈论暑假的新闻，人人都在谈论原新闻B组，人人都在谈论冯千阳。

面试时间和两年前的那个下午一样，在下午3点30分，面试顺序表也像两年前的那个下午一样，被如今的面试副官朱迪提前贴到了413教室门口。

面试开始前五分钟，冯千阳从隔壁的412室走到413室，仅仅几米远的距离，她便吸引了所有人的注意力，成为全场焦点。

冯千阳坐在413室正中央，犹如两年前的那天下午，孔庭恩坐在这里，向她提问，与她博弈。

冯千阳忽而无比想念他，想念他和她不打不相识的那段时光。现在的她，那么从容地坐在他曾经的位置上，却不觉得自己取代了他，反而觉得这是她和他共同努力的结果。

面试进行得很顺利，进行到一半，朱迪突然看到一个名字，她愣在那儿，半天说不出话来。

冯千阳探头瞥了一眼，没好气地批评道："朱迪，这个名字你认得，她是孔谊恩，孔庭恩的妹妹。"

朱迪撇撇嘴："我怎么会认得？这个暑假我满脑子都是芬克叔叔，早就把拼音还给了我的中文老师！"

等等，不对，孔谊恩？冯千阳和朱迪瞪着眼看看面试名单，不由得霍地跳起。

彼时，孔谊恩低着头腼腆走来，在面试官前站了好一会儿，费了好些劲儿才鼓足勇气抬头："下午好，各位面试官，我叫孔谊恩。"

冯千阳和善地笑了笑，她没想到，孔谊恩竟用中文名入读麦高芬中学。

"你有英文名吗？"

孔谊恩摇摇头。

冯千阳感到很诧异："你在美国长大的，居然没有英文名？"

"没有，我很喜欢自己的中文名，那是爸爸起的。"

冯千阳理解地笑笑，朝孔谊恩挤挤眼："我也很喜欢你的中文名，你的名字总让我想起你哥哥。"

孔谊恩不禁笑了，冯千阳的语气更像是老朋友叙旧，使她渐渐放松下来，不似之前那般浑身紧绷。

冯千阳问："你怎么会想到竞选校园记者？"

"因为我想成为你和哥哥那样的人，这样可以帮助别人，也可以帮助自己。"

"除此之外，还有别的原因吗？"

孔谊恩沉吟了一下，不确定不自信地摇摇头。

第九章 完美的夏天

冯千阳接着发问:"最近让你最感兴趣的是什么书?"

"《怎样成为一名记者》。"

"你喜欢这本书吗?"

"不喜欢。"

"你不喜欢,但你对它感兴趣,这很有意思。这本书你读完了吗?"

"没有,但我会坚持把它读完。"

冯千阳点点头,保持微笑,冷不丁切换成中文模式:"你的面试结束了。"

"啊?"孔谊恩愣了愣,不可置信地看着冯千阳,"这就完了?"

"完了。"

"哦,好。"孔谊恩尴尬地挠挠头,没想到面试比想象中容易,也没想到会这么快结束,迟钝地抬步往外走。

"等等。"冯千阳及时喊住她,"你应该让你哥哥帮你取个英文名,他很擅长这事儿,你会喜欢的,我保证。"

孔谊恩错愕地瞪了瞪眼,乖巧地点点头。

她一走,朱迪便探头凑到冯千阳耳边,悄声问:"你会让她通过吗?"

冯千阳冷冷地瞪她一眼:"朱迪小姐,你好歹也是面试官,也是一名刚走红的校园记者,你应该知道措辞要严谨,这个问题驳回!"

朱迪气结,重新组织语言:"千阳小姐,请问,孔谊恩能通过吗?"

冯千阳遗憾地摇头:"她还没准备好。"

"那她肯定会伤心,到时候看你怎么跟她和她哥解释。"

冯千阳格外自信道:"我用不着解释,她哥就能懂。"

两个小时面试下来,冯千阳找到了理想人选,她很满意也很自信,能带领好这一届的新闻小组。

面试结束后,朱迪只说了一句"家里有急事",便一溜烟儿走了。冯千阳无奈,独自留在413室,把桌椅都摆放整齐。

她走到孔庭恩原本的位置,坐在那里回忆他曾经的样子,不禁笑了。以前,她从不知道他能让她这么怀念。或许,是因为这里少了那个和她闹的人,心一静下来,便容易胡思乱想。

"你在想什么?"

熟悉的声音骤然响起,冯千阳以为是幻觉,不敢置信地朝声源望去。

孔庭恩倚着教室门框,双臂交抱,朝她挤了挤眼,嘴角挂着坏笑:"想什么呢?怀念我们闹哄哄的旧时光?"

冯千阳错愕,盯着他看了好一会儿,才确定自己没有眼花:"你怎么来了?"

"刚好今天下午没课,来接我妹放学。"

"哦。"

"听说她要竞选,顺便来看看。"

"嗯。"

"最主要是,想见你。"

"……"

冯千阳仍然坐在他原来的位置,耐心等待他走近。

孔庭恩没有犹豫便朝她走去,站到桌子一侧,双手撑住桌面,低头问她:"你还没回答我,你在想什么?"

冯千阳眼角有点儿湿,能见到这个难缠的家伙,更让她怀念往昔的好时光了。

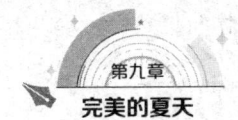

第九章 完美的夏天

"我在想，你这人呀，这么顽劣，上大学后还能不能交到像我这么优秀的朋友了。"冯千阳扬起头，挑衅似的看着某人。

孔庭恩摸摸她的脑袋："今天一切还顺利吗？算了，当我没问，我知道一定会顺利的，这点儿事儿难不倒你。我妹说，你让我给她取个英文名？"

"嗯。我的英文名，是你起的。"冯千阳想起最初，她第一次参加新闻小组会议的那天，那个神采飞扬的人，如今依然神采飞扬。只是在这里，她再也不能依赖他了，而她也成了别人的依靠。

冯千阳大脑一片空白。从前面对孔庭恩，她可以滔滔不绝，现在却哑口无言，她明明那么怀念过去的时光，可当他突然出现在她面前时，她却笨拙得要命，她甚至做不到若无其事地寒暄。

"我妹妹的面试怎么样？"孔庭恩问，"她通过了吗？"

冯千阳摇头，尚未开口解释，孔庭恩便心领神会："确实，如果是我，也不会让她通过。她的案例有点儿特殊，她需要的不是锻炼而是敞开心扉。"

"最主要的是……她并不真的想成为一名记者，她只是想成为你和我。想要帮助别人有很多种方式，不一定要成为校园记者，现在对她来说不是最好的时机，如果她能看清自己的心意，确定自己真的喜欢这份工作，你可以鼓励她明年再参加竞选。"

"你也可以鼓励她。"孔庭恩道，"我的事就是你的事。"

冯千阳脸庞涨红，不自在地撇开眼，顾左右而言他："不是要来接妹妹放学吗？她人呢？"

"我让朱迪送她回去了。"

"……"

朱迪！居然和他串通！冯千阳咬咬牙。

孔庭恩看出她在气恼，解释道："是我求朱迪帮我的，你别怪

她,况且我刚刚也说了,我主要是想见你。"

"好,我知道了,不用重复第二遍。"冯千阳起身,背起书包,缓步朝教室外走去。

孔庭恩拉了拉她,她回头,便看见他从包里取出一本小说,小说里夹着一片树叶:"这是我走在大学路上时捡到的,送给你,算是毕业礼物。"

"毕业礼物?可我还没毕业。"

"可我毕业了。"

"你毕业还要送我毕业礼物,这怎么好意思?"

"怎么会不好意思?"某人很是深谋远虑,道,"我这是以身作则提醒你,等你毕业的时候,必须送我一份大礼。"

冯千阳猛地拉下脸:"谢谢你以身作则了,毕业那天我一定会送你一份大礼,你慢慢等。"

"其实我有点儿等不及了,到时候你会送我什么礼物?"孔庭恩追着冯千阳走出教室。

果然,只要他在,分分钟能让她咬牙切齿,冯千阳忍不住加快了脚步,试图把孔庭恩甩在身后。

她走得越急,他跑得越快,转瞬便冲到她面前:"喂,冯千阳,都是当组长的人了,怎么还这么小气?"

想到她刚刚坐在自己原来的位置上,孔庭恩忍不住怀念与她初次见面的那一天,她总是那么意气风发,哪怕是在孤独时。

孔庭恩摊摊手:"如果你不打算送我毕业礼物,那我也不送你了,把树叶还给我。"

"不还,你能把我怎么样?"冯千阳从背包里取出一本书,把树叶夹进书页后,才又把书装进背包,然后又拿出一支笔,在孔庭恩手掌上签下了自己的名字,"好了,我的签名值黄金万两,你叩

第九章 完美的夏天

头谢恩吧！"

孔庭恩看了看，笑着合上手掌："你的签名值黄金万两？照这样看来，回家后我得把自己的手锁进保险柜才行？"

冯千阳"扑哧"笑出声："孔庭恩，你都是上大学的人了，幼稚不幼稚啊！"

孔庭恩摊开手掌，看着掌心的签名，突然敛了笑容，无比认真道："明年上大学，你会留在美国吗？还是选择回中国？"

他严肃的情绪感染了冯千阳，她默然思索了半晌，摇摇头道："我不知道，不要催我在这时候做出选择，好吗？"

这对孔庭恩似乎是个艰难的决定，他想了会儿，才点点头："好吧，一年而已，我能等。"

"你等什么？"

"等你啊，等你和我重组那天，我们又可以并肩作战叱咤校园了。"

冯千阳忍不住摸摸他的头："孔庭恩，就算我们不在同一所学校，也能守望相助。你明白吗？你不孤单，我也不孤单，因为任何时候在任何地方，我都拥有着你和朱迪的友谊。能认识你和她，我觉得我的高中生涯，值了。"

"嗯。"孔庭恩认真地看进冯千阳的双眼，她的目光总是坚定的，似乎是在向他传递某种信念，敦促着他不断前行。

孔庭恩不禁笑了："我也很庆幸，能和你在吵吵闹闹中有惊无险地读完了高中。如果，我是说如果，如果将来，你一定要离开这里，去一个离我很远的地方，那么请你一定要努力站在最耀眼的地方，这样我才更容易看见你。"

"你也是，讨厌鬼。"冯千阳歪了歪头，挑衅似的说。

（本季完）

「后 记」陪你度过漫长岁月

这部长篇的大纲我来来回回修改了三遍，每次自己都不满意，然后推翻重写，直到最后一遍，从最初的大纲到最后一版，时间已经过去大半年。然而，待我写完正文，觉得一遍遍细致的打磨都是值得的。

这是一个我自己很满意的故事，希望你们也喜欢。

也许你会问，我为什么选择写一个关于"记者"的故事——

小时候，我妈说："你那么能言善辩，长大后可以去当律师。"

而我外公说："你那么爱抱打不平，或许将来会是一名为公义发声的记者。"

年少的我总是纠结，律师和记者，都很酷，我该选择哪个呢？

去西雅图留学时，我选择攻读新闻专业，当时想，没有成为一名律师，算是辜负了母亲的期待吗？

后来和她谈起这事，她说："你喜欢就好，你开心最重要。"

我再无后顾之忧，安心念书。可是，从西雅图毕业回国后，我没做过一天记者的工作。我成了一名作者，现在又转型当了编剧，我终于连外公的期待也辜负了。

可是这一次，我十分坚定，没有半点儿犹豫，虽然没有满足家人的期许，但我成了自己最想成为的样子。

律师也好，记者也罢，做自己最酷。

不论在国外还是国内，校园里的以大欺小总是层出不穷，这种事屡禁不止，总有学生莫名其妙地成为众矢之的，被讨厌，被人身攻击，被伤害。每次看到他们受欺负的新闻，我总是心惊肉跳。

我总会想起初中时同年级的一个女孩，她很平凡，特别安静，只是因为戴了牙套，大家就取笑她。

这个女孩无比孤单，很渴望交到朋友，别人问她借钱的时候，

她解囊相助。别人耍赖不还账的时候,她忍气吞声。她舍不得因为金钱和朋友撕破脸。

一次体育课,我和他们班一块上课,无意中在小卖部遇到了她和她的朋友。

她的朋友问她要钱买汽水,态度不甚客气,女生说自己没带零花钱,她朋友不信,非要查看她的钱包。

我听见后忍不住走过去问她:"你是强盗吗?还是要债的?跟你穿一样的校服就得帮你?"

我同桌赶紧把我拉到一边:"你认识她?"

我摇摇头:"不认识。"

同桌满脸困惑:"不认识干吗多嘴?"

我说:"我得纠正一下她的人品。"我扭头又冲过去,对那位被欺负的女生说,"你千万别给她钱,你有爸妈她也有爸妈,大家都不弱,别怕。"

那个女生忍不住笑了,承诺似的点点头:"嗯,我不给了,谢谢你。"

我和她就这么认识了,她的名字叫鱼籽。

后来我问鱼籽,"她现在还问你要钱吗?"

鱼籽说:"没有了。"

我又问:"她戒掉汽水了?"

鱼籽说:"没,照样每天都喝。"

我无奈地笑了,感慨道:"你看,你不妥协,旁人的快乐不会少一点儿;你妥协,旁人的快乐也不会多一点儿。在校园霸凌里,没有受益人,只有受害者,而那个受害者,只有你自己,保护自己,必须从自我开始。"

上高中后,鱼籽变得十分强大,成绩名列前茅,还当上了班

长,我再次见到她时,都不敢相信这样一个自信昂扬的女孩,竟有过那么自卑的过往。

再后来,她去了德国,我去了美国。

我读到一则新闻,一个学生在学校被打死了,我给鱼籽发了这则新闻,她读完后问我:"我以前被欺负是因为戴了牙套,他又是因为什么?"

我思索了很久,才回复她:"也许,是因为他不一样吧,那些和别人不一样的人,总是最容易受到攻击。"

这类事夺取了多少心灵,带走了多少性命,我不敢细想。

我只是无奈,为什么要等一个鲜活的人受到不可挽回的伤害之后,才后悔当初为什么没把他保护好?

假如,这个男生在初期就得到应有的关注,他的命运会不会变得不一样?

如果每个学校都能成立一个新闻小组,专门负责报道学校最真实的一面,让"坏人"及时被曝光,让所有人都活在阳光下,那该有多好。

所以,我写下了冯千阳和孔庭恩的故事。

他们是新闻小组的最佳拍档,他们敢于发声,总在危难关头挺身而出,是他们及时曝光了校园丑闻,让受害者获得了应有的保护,让施暴者得到了媒体和校方的监督,同时给施暴者的父母敲响了警钟,让他们更加重视家庭教育。

2018年深秋